Gli animali alla guerra

Giulio Caprin

Texte et illustration de couverture : © domaine public
Edition : Culturea (Hérault, 34)
Contact : infos@culturea.fr
Retrouvez notre catalogue sur http://culturea.fr
Imprimé en Allemagne par Books on Demand
Design typographique : Derek Murphy
Layout : Reedsy (https://reedsy.com/)

Dépôt légal : janvier 2023
Tous droits réservés pour tous pays

ISBN : 9791041845293

A Doletta,
per quando sarà più grande.

PREMESSA.

È stato pensato per i giovani questo libretto, scritto durante una pausa di guerra. La guerra riconduce alla Natura: dove essa fa il vuoto della vita consueta, riappaiono sul primo piano elementi che la pace nasconde: anche gli animali. Non è necessario aver l'anima francescana per sentirseli più vicini, in guerra. Dove e quando, anche per l'uomo, cessa l'illusione che la vita sia ordinariamente sicura, si intendono meglio queste altre creature che sempre, anche in pace, vivono in pericolo di morire; si intuisce meglio la loro natura che opera dominata da questo presupposto continuo: la morte. Così a noi tutti, la morte, che oggi circola tra i vivi, più tra i più vivi—i più giovani—insegni il senso secreto della vita!

Gli «Animali alla guerra» per ciò che possono anche dire dell'animale umano, e della sua anima in guerra, sono un libro di occasione; perciò di passione. I giudizi sul nemico non possono esservi che semplici e duri. L'odio non è meno umano della carità che tende a distruggerlo. Noi amiamo il nostro odio contro l'Austria e contro il germanesimo, perchè oggi è l'arme più schietta di cui si arma la nostra giustizia. È un odio con gli occhi aperti il nostro, e vede tutto ciò che deve vedere. Così odiano i nostri soldati, che combattono fortissimi ma non crudeli. Come combattono le creature secondo Natura, per la divina Necessità, che è non dell'individuo ma della specie, non del cittadino ma della Patria. Necessità di vincere, in qualunque modo, per quanto debba essere il tempo, e l'odio, che ancora ci vuole.

Primavera del 1916.

Se ci sono animali alla guerra? E mica soltanto quelli che ci vanno con i soldati, soldati essi stessi: i cavalli delle armi a cavallo, i muli delle batterie da montagna e someggiate. Ce ne sono anche tanti altri, grossi e piccini, che ci si trovano senza volerlo, povere bestie. E ci rimangono.

I nostri soldati ispirano anche a loro fiducia. Giurerei che qualunque gallina dei paesi irredenti preferisce esser mangiata da un nostro bersagliere invece che dover far le uova per un ufficiale dei gendarmi—peuh!—austriaci.

Ho sentito una volta due maiali che si litigavano un fondo di marmitta trovato in un campo dov'erano passate le cucine di un reggimento. Il maiale, che pretendeva mangiarseli tutti da solo quei ghiotti rimasugli, grugniva a quell'altro:

—Screanzato.

E l'altro di rimando:

—Austriaco.

—Prepotente.

—Austriaco.

—Ladro.

—Austriaco.

—Porco.

A sentirsi dare anche del porco—forse perchè aveva capito: turco—il maiale austriaco perse il lume dagli occhi e strillò:

—Tedesco.

Quello, a sentirsi dire: tedesco, rimase così male che rinunciò, sdegnoso, anche alla sua parte di broda: segno evidente che tedesco non era.

In genere dunque, per quel che ho potuto veder io, gli animali alla guerra si portano bene.

CAVALLI SENZA CAVALLERIA.

E prima di tutto i cavalli.

Nel sangue equino c'è sempre tanto dell'antica tradizione guerriera che i più pacifici e borghesi animali, portati fra i combattenti, si trovano subito a posto. Tra i cavalli che tirano i cannoni e i cassoni dei proiettili ce ne son di quelli che, prima, non avevano tirato che calessi e landaux. Ora non si distinguono più da quegli altri che, da puledri in su, sono stati sempre effettivi in artiglieria. Meno induriti agli sforzi, qualche volta non reggono quanto i loro compagni di pariglia; si capisce che soffrono; ma non si fermano: cadrebbero prima sfiniti sotto la bardatura se i soldati non se ne avvedessero. Devon pensare anche loro che val meglio morire tutti in una volta, giovani, che un po' per giorno invecchiando attaccati a una vettura di piazza.

Naturalmente non tutti i cavalli della guerra bisogna immaginarseli come quelli dei monumenti equestri: questi sono cavalli in posa. Ce ne sono anche dei meno belli; anche dei veri «brocchi». Se non altri, tutti i cavalli di umilissimo lignaggio che, prima di essere requisiti, tiravano il barroccio e che anche in guerra continuano nel loro mestiere plebeo: i cavalli del treno ausiliario.

Il treno ausiliario sarebbe l'insieme dei carri per i trasporti che si fanno senza tanta fretta e senza tanti camions. Specialmente sul far della notte, voi incontrate di queste lunghe file di carri che s'avviano al passo per le strade fangose e buie: sono barrocci toscani, curricoli siciliani, sciarrabà romani che servon benone a portar materiali meno delicati, come sarebbero traversine di ferro e legname per trincea, ghiaia, cementi, sacchi.

Sui timoni dei carri si leggono ancora i nomi dei proprietari borghesi che li possedevano e dei paesi dove lavoravano in pace. Anche i conducenti hanno un aspetto pacifico: sono soldati territoriali, baffuti e barbuti, infagottati nei vecchi cappotti turchini, ciondolanti e con la pipa in bocca: ma serii e rispettosi. Il loro servizio è di quelli modesti per cui c'è poca probabilità di esser messi all'ordine del giorno, ma utile non vi so dir quanto.

Io li ho sempre ammirati questi oscuri collaboratori della vittoria, cavalli, carri e carrettieri. Tutte le notti, piova o tiri vento, a far quella tetra passeggiata per vie piene di buche e di sospetti, a incrostarsi di fango o a soffocare di polvere; e senza lamentele e senza invidia per le superbe automobili dei Comandi, per le autovetture fragorose e petulanti a cui devono ogni momento dare il passo.

Virtù di pazienza e di disciplina: andare al buio, senza domandare agli occhi se hanno troppo sonno o alle spalle se ci si è fermata sopra troppa acqua. E senza nemmeno la consolazione dei bubboli, che, scampanellando, fanno parer meno lunga la strada. In guerra non si ammettono rumori superflui. I poeti, che hanno cantato gli illustri cavalli di combattimento, dovrebbero ricordarsi anche degli oscuri cavalli del treno ausiliario, e dei territoriali, solidi e tranquilli, che li conducono.

Piacerebbero anche oggi ai cavalli gli squilli di tromba, le fanfare che rinfrancano il cuore quando non ne può più. Bisogna che ne facciano a meno. I comandi sono dati sotto voce: il soldato deve parlare quasi nell'orecchio del suo animale. Ma questi obbedisce lo stesso e non si vergogna che gli sia toccato quel mestiere senza splendore di facchino notturno.

Ognuno al suo posto ha le sue soddisfazioni. I cavalli che hanno avuto la fortuna di essere aggregati ai Comandi hanno lo zucchero che gli ufficiali intascano alla mensa apposta per loro. C'era un tenente che prendeva il suo caffè senza zucchero—naturalmente perchè diceva di preferirlo amaro—per offrirne qualche zollina di più al suo irlandese.

Ma anche i cavalli di truppa, anche i cavalli di poco prezzo del treno ausiliario, buscano dai loro padroni qualche supplemento di ghiottoneria al rancio di fieno e di biada che passa il Governo: sarà un rosìcchiolo di pane, sarà una semola che il conducente è riuscito a procurarsi non si sa come, ma, zucchero o crosta di pane, c'è il buon cuore, e l'amicizia si rinsalda tra l'uomo e l'animale.

Il cavallo che fatica nel treno si sente orgoglioso quanto il cavallo di lusso che ha poco da fare nel drappello di riserva dei Comandi. E, quando l'incontra, quasi quasi gli viene la tentazione di cantargliela:

—Bello mio, tu non sei che un imboscato.

Ma l'altro può rispondergli:

—Pensa quel che ti pare. Ma l'altra notte, che una granata è cascata proprio sulla scuderia, nessuno di noi ha avuto paura. Non abbiamo scalciato nè abbiamo rotte le cavezze per scappare. In guerra fa il suo dovere chiunque rimane al posto assegnatogli. Siamo bestie subordinate noi, e guarda di esserlo anche tu.

Ma in fondo al cuore anche il cavallo del Comando, che oggi non ha occasione di essere adoperato, rimpiange la guerra di suo nonno e di suo bisnonno, che il Generale montava nei giorni di battaglia; e poteva inebriarsi anche lui galoppando sotto il fuoco, all'aperto, nel pericolo, ma anche nel sole della gloria.

Sui primi giorni della nostra guerra all'Austria anche i nostri cavalli di cavalleria avevano cominciato ad assaggiare un po' di quel giuoco che esalta e abbellisce la guerra. Intere divisioni di cavalleria erano pronte. I primi reggimenti correvano già le strade del Friuli d'oltre confine; verso l'Isonzo: belle galoppate verso i campanili che indicano la presenza dei borghi e dei villaggi nascosti dal fogliame denso. Esplorazioni di pattuglie, ricognizioni di squadroni che promettevano qualche incontro interessante. Si sperava che il nemico avrebbe dato battaglia nel piano per contenderci il passaggio del fiume. Ma il nemico si ritirava e i nostri cavalli, invece che i cavalli degli Usseri, incontravano il fango delle inondazioni, le paludi delle acque fatte straripare dai canali del basso Isonzo.

Così i cavalli di cavalleria presto dovettero rinunciare alla speranza di correre in battaglia campale. La guerra si immobilizzava in un assedio di posizioni trincerate. Non rimanevano in linea che pochi reggimenti, per i servizi di Corpo d'Armata: i soldati, appiedati a far le ronde e a guardare i fili dei telegrafi tesi dal Genio; i cavalli, accantonati un po' qua e un po' là, nei cortili, nei giardini, anche all'aperto. Vita noiosa di strigliature e di esercizi come in guarnigione: in più solamente quel brontolio del cannone, a giorni intermittente, a giorni continuo, qualche shrapnell, qualche granata. Si finì col ritirarli, eccettuato qualche squadrone, dalla zona del fuoco e rimandarli un po' indietro ad aspettare. E poi, siccome per tanti soldati e tanti cannoni non c'era quasi spazio, ancora più indietro, cavalli, cavalleggeri, dragoni e lancieri.

La decadenza della cavalleria era fatalmente segnata. Per vincere gli Austriaci bisogna batterli con le loro armi, a macchina, facendo la guerra a distanza come la fanno loro, che ad avere il nemico troppo vicino non se la sentono. Cavalleria vuoi dire anche cortesia, generosità; che volete farvene della cavalleria in guerra contro Austriaci e Tedeschi?

Gli ufficiali e soldati di cavalleria si sono rassegnati a non essere più di cavalleria pur di combattere. Vanno con le mitragliatrici, vanno con l'artiglieria; sono andati anche in trincea, a piedi. A Monfalcone, al principio dell'offensiva di questo maggio, gli Austriaci si erano sognati di passare, perchè nelle trincee della Rocca e giù lungo il mare, c'erano, nuovi del mestiere fangoso ed eroico della fanteria, i cavalleggeri appiedati.

Il vecchio motto dei dragoni di Genova assicura che l'onore del cavaliere non s'abbassa perchè egli scenda da cavallo:

Soit à pied, soit à cheval,
mon honneur est sans egal.

Se lo possono applicare, oltre i cavalieri, anche i loro cavalli, i quali, a pensarci bene, anche quando facevano vero servizio di cavalleria, andavano sempre a piedi.

CAVALLI E GUIDE A CAVALLO.

Sui primi tempi c'erano con noi anche i cavalli delle Guide a cavallo. Volontarie le Guide, e perciò anche i loro cavalli, due per uno, che si portavano da casa. Anche essi si ostinavano a sperare in una guerra garibaldina, in cui l'esplorazione ardita di pochi valesse a facilitare un'avanzata impetuosa. Gli sbarramenti di tronchi che gli Austriaci in ritirata avevan lasciati sulle strade subito dopo il confine si superavano d'un salto, i ponticelli rotti sui fossati si sostituivano con un altro salto. E furono giorni belli per i cavalli e cavalieri.

Come si volevan bene i cavalli e le Guide a cavallo! Per amor del suo cavallo una Guida, che era anche un pittore famoso, è caduto in mano del nemico.

Andavano in un drappelletto, verso il colle che gli Austriaci hanno fortificato per difendere i ponti di Gorizia, il Podgora. Non si sapeva ancora dove precisamente cominciassero i ripari del nemico. Sotto Gradiscutta i nostri cavalieri furono sorpresi dalle fucilate che uscivan dal bosco. Il regolamento ordina che le pattuglie in esplorazione, quando hanno preso contatto col nemico, si ritirino per segnalarlo.

Ma una schioppettata fece cascare ferito il cavallo dell'illustre Guida a cavallo. Il terreno era acquitrinoso: si affondava nella fanghiglia nascosta dall'erba; l'erba; il cavallo ferito non poteva disincagliarsi. Allora il cavaliere smontò, e, mentre i nemici imboscati gli tiravano addosso, si sforzava di riportarlo sul terreno solido. I compagni che si allontanavano lo richiamavano: che lasciasse il cavallo e venisse via. Ma il cavaliere restò lì ad aiutare il cavallo finchè una schioppettata ferì anche lui. E allora gli Austriaci saltaron fuori e lo fecero prigioniero.

Ora di aver fatto prigioniero il nostro cavaliere che è anche un pittore famoso, gli Austriaci sono molto orgogliosi. Pubblicamente hanno fatto sapere che lo tengono di conto. Ma uno spione, che facemmo prigioniero pochi giorni dopo, per dimostrare di non essere un così tristo spione, raccontò di aver veduto i soldati austriaci che conducendo prigioniero il cavaliere italiano ferito, lo bastonavano. E il cavallo? non è inverosimile che se lo siano mangiato.

Ma un'altra volta fu il cavallo a salvare il cavaliere. Anche questa toccò a una delle nostre Guide a cavallo, un bravo giovane modesto e pronto a tutto.

Andava, sempre dalle parti del Podgora, cavalcando: felice chi aveva un cavallo in quei giorni di ottobre e di pioggia, che avevano fatto di tutte le strade canali di fango. Il Versa, un torrentello che per il solito è in quel punto un rigagnolo, era gonfio e rapinoso: c'eran quattro metri d'acqua sporca nel letto incassato tra i colli.

Il ponticello di legno, una paràncola imporrita, appena sentì il peso del cavallo, si spezzò e cavallo e cavaliere cascarono in acqua. Il cavaliere si vide perduto. Si vide veramente, perchè non perse conoscenza di quello che gli succedeva sott'acqua; se la sentiva entrare nella gola e nei polmoni, fetida di quell'odore di fogna che hanno i torrenti in piena. Ma rimase con un piede nella staffa, aggrappato con le mani alla criniera del cavallo che sapeva che specie di cavallo fosse.

L'animale infatti si comportò come doveva. Cascato a pancia all'aria in fondo all'acqua, con uno sforzo meraviglioso dell'istinto riuscì a raddrizzarsi, e senza scuotere da sè il cavaliere aggrappato, con un'armonia d'intenzioni che gli fa onore, annaspò così bene che si mise in condizione di poter nuotare lungo il filo della corrente; nuotando ritornò a galla e con un ultimo sforzo si tirò sulla sponda del torrente, insieme con il cavaliere zuppo e pieno d'acqua, ma sempre in sella, salvo. Gli infermieri di un ospedaletto da campo lo scorsero, gli fecero rigurgitare l'acqua che lo soffocava, gli ravvivarono la circolazione con una buona sorsata di cognac e lo rimisero in gambe.

Così tutto molle, con un cappotto imprestatogli da un soldato, il cavaliere volle rimontare subito a cavallo. E quando furon di ritorno, sporchi come un carro senza parafanghi, mèzzi come affogati, non so quale dei due fosse più contento.

Gli intendenti lodarono il cavaliere di aver saputo star in sella anche in quel frangente, facilitando così il salvataggio al cavallo; ma lui, che era un bravo giovane modesto, non volle riconoscere che il merito dell'animale.

Con tali legami di cameratismo che stringono il buon cavallo al buon cavaliere, si capisce quanto deve essere stato penoso per le Guide non poter far più servizio con i loro cavalli a cui volevano molto bene. Ne ricordo uno al quale il cavallo si era ammalato di morva. Quell'uomo, di un naturale chiuso e silenzioso, era diventato eloquente nel parlare a tutti di quel male che lo teneva in grande apprensione. Era sempre dietro al veterinario, che glielo guarisse, il suo malato. Ma un giorno l'occhio della sua bestia si fece opaco e non ci fu più da sperare. Il povero padrone era, come al solito, con noi alla mensa, ma ci accorgemmo che non riusciva a mangiare.

—Che t'è successo?

—Oggi.... me lo devono abbattere.

Un ufficiale, che evidentemente non aveva mai posseduto un cavallo, credette di consolarlo dicendogli:

—Sta tranquillo. È morto in servizio: te lo ripagheranno.

La Guida a cavallo dette al consolatore un'occhiata di traverso come chi è malamente offeso nei sentimenti più delicati. Il consolatore capì che poteva andarsene. Rimasto solo, due lacrimoni caddero dagli occhi del buon cavaliere nella pasta asciutta. Ed era un uomo che, se a morire fosse toccato a lui, non si sarebbe di certo messo a piangere.

Senza cavallo dunque molti cavalieri devono adattarsi a fare il servizio. Non c'è rimedio: o starsene in ozio ad aspettare che ritorni, se tornerà, il secolo di Baiardo e di Fieramosca, o fare qualche cosa per la guerra, in qualunque altro modo.

E i più si sono adattati a far di tutto, fuori che il servizio che avevano immaginato di poter fare, quando avevan formato il loro corpo volontario di memoria garibaldina. Uno diventò ufficiale di ordinanza di un generale e si adattò ad andare in automobile; un altro passò a far servizio con l'artiglieria e si adattò ad andare anche a piedi e a stare fermo negli osservatorii; un terzo si ridusse a far la scorta agli autocarri che giravano il fronte a distribuir limoni e altri viveri di conforto. E non si vergognava dell'ufficio umile ed utile che lo faceva star fuori tutte le notti—di giorno a girar per il fronte con gli autocarri dei limoni, la limonata l'avrebbero fatta alle granate austriache—a prendersi i reumi e magari i cicchetti di qualche superiore di cattivo umore.

Credo che si consolassero, le brave Guide non più a cavallo, pensando che in fin dei conti anche le automobili e le autovetture misurano la propria forza a cavalli. Ma pensare che a far volare un areoplano ci vuole per lo meno un motore di cento cavalli, mentre l'Ippogrifo, che era un cavallo solo, portava Astolfo fin nel cielo della luna!

Si sa: la macchina sta diventando più importante, non solo dell'animale, ma quasi dell'uomo che l'ha inventata. È con la macchina che i Tedeschi, che a chiamarli veramente uomini si esagera un poco, hanno fantasticato di sopraffare le nazioni formate da uomini. Anche noi dobbiamo adattarci, e ci adattiamo volentieri ad esser meccanici, purchè si mantengano le debite distanze; e sia ben chiaro che la macchina è la macchina e che l'uomo è l'uomo, e che da ultimo chi vince con la macchina, ma anche contro la macchina, è soltanto l'uomo.

E anche questo riman vero: che tra le macchine una delle più perfette resta sempre il cavallo. C'è della gente in guerra che non crede che un servizio possa esser fatto bene se non è fatto con l'automobile o con l'autocarro. Ma c'era un capitano di Stato Maggiore che, quando veniva qualcuno a dirgli che non sapeva come fare un trasporto perchè non aveva abbastanza macchine, domandava:

—Cavalli ne avete?

—Signor sì.

—E allora attaccate i cavalli. Napoleone vinceva le battaglie anche senza automobili.

—Ma se Napoleone vivesse oggi....

—Vi darebbe l'ordine che vi do io. Gente che tira la paga, cavalli che mangian la biada senza far nulla non li voleva nemmeno Napoleone.

L'automobile invece, come è ben noto, quando sta fermo non consuma benzina. E le guerre si vincono anche facendo economia.

CAVALLACCI.

Naturalmente, come tra gli uomini, anche tra i cavalli ci sono quelli che hanno i loro vizi. Quelli che mordono e quelli che scalciano, quelli che s'impuntano e quelli che si spaventano. Come? Lo spaventarsi è un vizio? Sicuro, la paura fra i soldati è un vizio; e una colpa che si deve punire inesorabilmente. Non vi meravigliate; anche voi, quando eravate piccini, avevate paura di andare in camera al buio. Ma vi vergognavate di aver paura, e ci andavate lo stesso, e un bel giorno vi accorgeste di non aver più un'ombra di paura.

Così dal soldato si pretende una cosa sola: che, se anche dentro di sè abbia ancora un po' di paura, faccia tutto quello che deve fare come se non ne avesse per nulla.

In una delle ultime guerre napoleoniche si trovarono una volta vicini, in un combattimento, due soldati, uno anziano ed uno che era quasi un coscritto: quello anziano, che aveva combattuto già cento volte, a sentir fischiare il piombo non si faceva nè qua nè là: l'altro, il coscritto, aveva paura e tremava. L'anziano, che se ne accorse, glielo disse:

—Mi pare, caro mio, che tu abbia una bella fifa.

Il soldato novellino ebbe la risposta buona.

—Sicuro che ce l'ho. E tanta che, se l'avessi tu, a quest'ora saresti bell'e scappato. Io invece resto.

È questo il coraggio che si esige da tutti: il coraggio di non aver paura anche avendone alquanta.

Così il cavallo, che da secoli è diventato l'animale guerriero per eccellenza, come temperamento sarebbe in fondo un animale nervoso, impressionabile e perciò pauroso. Un cavallo solo, portato all'improvviso in mezzo alla battaglia, scapperebbe perchè si renderebbe conto del pericolo che un altro animale meno intelligente forse non capirebbe. Ma il medesimo cavallo, montato da un cavaliere senza paura, guidato da un conducente tranquillo, non pensa affatto a scappare; va dove lo conducono, tra i sibili e gli scoppii, alla morte e all'inferno. Si fa ammazzare sul campo, se così deve essere, senza stupirsi che il suo destino sia quello. E come si comporta un cavallo, si comportano gli altri: probabilmente anche tra loro c'è un amor proprio che anche ai vili impedisce di mostrarsi vili.

E questo amor proprio che, diventando natura, fa del più timido cavallo da passeggio un buon cavallo di guerra.

Oggi, se resta ferito, sa di poter contare anche sulla pietà che lo riconduce in una stalla e lo cura. Ci sono le infermerie, se non le infermiere, anche per i cavalli. E c'è la Croce Azzurra che è la Croce Rossa dei cavalli e dei muli.

I cavalli proprio cattivi, incorreggibili, che non si arrendono alla voce del dovere, o almeno all'esortazione degli speroni, sono rari. E quasi sempre si scopre poi che i difettacci dipendono da una cattiva educazione. C'era un cavallo, in una pariglia di artiglieria, che era una disperazione: ringhiava, mordeva, tirava calci ai soldati e ai compagni; se la strada non era di suo gusto, si fermava e, per deciderlo a muoversi, ci voleva una sferzata sugli orecchi, dopo di che tentava un galoppo di traverso che scompigliava tutto l'attacco. Se un momento era lasciato libero, scappava per i campi e per i paesi: una volta andò a finire sulla vetrina d'una bottega, ferendosi tutto il muso. Era una bottega di salumaio, e si disse che a finire in mortadella sarebbe stata la sua degna fine. Fu giusto sulla bottega che lo fermò un nostro amico. Questo amico nostro era un triestino che allo scoppio della guerra era riuscito a passare il confine e venire con noi: prima aveva dovuto fare il militare in Austria, in un reggimento di dragoni. Appena ebbe vista la bestiaccia, la riconobbe subito: era stato del suo squadrone. Un soldato di cavalleria riconosce subito a colpo i cavalli del suo squadrone anche meglio che i suoi compagni.

—E vi meravigliate—disse il nostro amico—che sia una così cattiva bestia? È una bestia austriaca. Infatti si seppe che il cavallaccio era stato lasciato dagli Austriaci in un paese da noi occupato e che i nostri lo avevano preso e sostituito ad un onesto cavallo italiano, morto, poveretto, di un colpo di sole.

Dopo la guerra bisognerà restituirlo agli Austriaci, che se lo godano, il loro cavallo senza educazione. Naturalmente essi diranno che così cattivo lo abbiamo ridotto noi maltrattandolo. Perchè gli Austriaci e i Tedeschi dicono sempre che gli Italiani non trattano bene gli animali: che siamo crudeli, che li facciamo soffrire, che li picchiamo. Sono di cuore tenero i nostri nemici: qualche volta dagli areoplani ammazzano i bambini, ma poi, per consolarli, gli buttano i cioccolatini col veleno.

LA GLORIA DEL MULO.

Ripensando a quello che il cavallo riesce a fare anche in questa nostra guerra, mi par proprio che si esageri troppo parlando della decadenza e un giorno forse della scomparsa del nobile animale.

In ogni modo resta intatta, anzi cresce la gloria del suo fratello cadetto: il mulo. Al mulo, si sa, mancano alcuni quarti di nobiltà e per questo i poeti non lo hanno cantato in battaglia. Ma Omero ha creduto fare gran lode ad Aiace Telamonio, che era un eroe, paragonandolo a un asino. E il mulo in guerra, anche più che per la sua parentela col cavallo, vale per quella che lo lega al somaro.

Se avessi visto la guerra nel Trentino, come ho assaggiato un po' di quella sull'Isonzo, credo che ve ne potrei fare tali lodi che automobili, camions, motociclette dovrebbero prender tutte una vernice verde d'invidia. Ma come non ricordare che anche sul Carso le dure avanzate delle nostre fanterie di trincea in trincea non approderebbero a nulla, se non ci fosse il mulo che le accompagna con le mitragliatrici, con i lanciabombe, con le artiglierie leggere da mettersi subito in posizione? I superbi autocarri sono gli spedizionieri dei materiali da guerra; la spedizione sarebbe abbastanza inutile, se rimanesse là dove gli autocarri si devono fermare, se non ci fossero i facchini per l'ultimo trasporto, il più difficile. Per quanto gli automobilisti sieno audaci e osino spingere le loro macchine sulle strade più ardue, arriva un punto che non possono andare più avanti; e appena lì cominciano i camminamenti e i corridoi, tutto quel labirinto di scavi che forma il vero terreno della battaglia. E lì non c'è che il mulo, lento, cocciuto, senza leggiadria, ma forte, paziente, mulo insomma, che si carica sulle spalle tutta quella roba pesante e la porta a posto. E se il mulo non basta, è l'uomo che deve fare da mulo. È così fatta la guerra oggi, che, a vincerla, anche nell'uomo si richiedono più le qualità sode del mulo che quelle brillanti del cavallo. Saper resistere a tutto, anche alle proprie impazienze, e non pretendere nemmeno di far figura.

Il mulo in guerra è un po' triste; sembra indifferente a tutto quello che gli succede intorno. Non mostra entusiasmo, non par nemmeno che si affezioni gran che al conducente. È come un cavallo che abbia avuto dei dispiaceri e perciò abbia perso ogni voglia di fare il chiasso. Ma io credo che codesto suo contegno dipenda anche da un forte sentimento della disciplina. Se, nonostante la disciplina, qualche volta tira calci—ma li tira meno spesso di quello sbarazzino del somaro—credo che sia anche per la voglia di trovarsi un Austriaco a portata di zampe.

Insomma è lui l'animale di prima linea: si capisce che abbia un certo disprezzo per tutto ciò che si muove nelle seconde linee. Un po' indietro, dove il pericolo è relativo, anche la guerra può apparire in forme signorili, con i cavalli di lusso e le automobili eleganti. Ma sull'estremo fronte non c'è posto se non per gli uomini e gli animali semplici e tenaci, per le volontà silenziose che s'impuntano ma non dànno indietro. E non dando mai indietro, viene il giorno che il nemico finisce col dare indietro lui.

Quel giorno riappariranno i nostri reggimenti di cavalleria a far la galoppata finale dietro gli Austriaci in fuga; ma saranno stati i fantaccini ed i muli che avranno aperto ai cavalieri e ai cavalli il varco libero per il divertente esercizio.

CANI DI GUERRA.

C'è un altro animale che fa la sua comparsa fino in trincea, che va dove il cavallo non può. Il cane naturalmente: dove arriva l'uomo il suo cane non può non arrivare.

Tanto più che ci sono dei cani che fanno un vero servizio militare. Noi, in Italia, non abbiamo, come in Fiandra e in Olanda, cani abituati anche in pace a tirar i carretti. I ragazzi sanno che ad attaccare anche il più paziente dei cani alla carriola è un affare quasi disperato: nemmen dei barboni, che si prestano con tanta espansione a tutti i loro capricci di giuoco, si è mai riusciti a fare dei passabili poneys. Da noi i cani non amano il lavoro disciplinato; non è vero che lavorino da cani i nostri cani. I più il loro pasto se lo guadagnano facendo i signori, abbaiando un poco e molto scodinzolando.

Ma in guerra, ho visto anche dei nostri cani—cani da caccia, sanbernardi, maremmani—istruiti a tirarsi dietro un carrettino su cui si lega un cofano di cartucce. Sono attaccati con finimenti, che, in piccolo, sono proprio come quelli dei cavalli, salvo che invece del morso i cani hanno il solito guinzaglio tenuto a mano da un soldato. Ma durante il combattimento essi devono portare da soli i caricatori di cartucce ai soldati che avanzano.

Succede a volte che un reparto, avanzando, rimanga per un poco isolato dal resto delle truppe, e che il nemico concentri il fuoco dietro il reparto per tagliarlo fuori. La solita dotazione di cartucce può non bastare. Allora si mandano i cani che, per i camminamenti, e anche allo scoperto, possono raggiungere di corsa i soldati in avanti: un servizio di grande importanza, quasi un servizio di collegamento.

Io spero che i nostri cani portatori di cartucce facciano sempre con onore il loro servizio delicatissimo e meritino tutti una bella medaglia da portare attaccata al collare: ma, conoscendo il temperamento un po' distratto dell'animale, mentre non dubito che sotto qualunque fuoco raggiungerà il suo reparto combattente, posso temere che carretto e cartucce rimangano seminati per strada.

Ho più fiducia nel cane cerca-feriti. Il nostro cane ha un'anima pietosa e umana. Come soldato, il suo posto naturale è il posto di medicazione. Si può star sicuri che, finito il combattimento, se scopre in un burrone un ferito che si lamenta non sta a distinguere se geme in italiano o in tedesco, e abbaia lo stesso nel modo convenuto perchè i portaferiti scendano a prenderlo.

E allora, pur troppo, ferito, portaferiti e cane corrono il pericolo maggiore. Se gli Austriaci si accorgono che i nostri escono dalle trincee a raccogliere i feriti, e li hanno a tiro di fucile, sparano.

È avvenuto più volte, e ancora non ci si vorrebbe credere. Perchè, in fin dei conti, anche i soldati austriaci sono uomini, non sono nè lupi mannari nè orchi. Quelli che avrete visti anche voi, prigionieri, non avevano delle facce umane, qualche volta un po' intontite, qualche volta rassegnate, buone? Rammento un giovane Jäger appena preso dai nostri. Piangeva come un vitellino. Di paura? No. Perchè gli dispiacesse di esser fatto prigioniero? Nemmeno. Ma temeva, come prigioniero, di non poter far sapere dov'era a sua madre, che prima, anche da soldato, ogni tanto poteva rivedere perchè stava in un villaggio vicino, nella valle del Chiappovano. I nostri carabinieri, a cui l'interprete traduceva quel pianto, ci si commovevano, e un brigadiere andò a cercargli una penna perchè scrivesse subito alla mamma, quel povero ragazzo.

Eppure, dalla trincea, anche quel caro ragazzo avrebbe tirato sopra un nostro ferito. Ordine: ordine fatto da qualcuno che in trincea non ci va. Da un Tedesco che, pur avendo l'aspetto di un uomo, ha ragionato come un gorilla che sapesse, pur troppo, ragionare.

Il Tedesco ha ragionato così:

—Se i nemici sanno che, rimanendo feriti, saranno in ogni caso raccolti e curati, combatteranno senza paura, perchè la morte non fa paura quanto la sofferenza. Se invece assistono allo strazio dei loro compagni senza poterli soccorrere, e sanno che a loro può toccare lo stesso, io dico che combatteranno di meno voglia, forse prenderanno paura.

Ragionamento da gorilla che non capisce l'uomo, il quale, quanto più è offeso nella sua coscienza umana, tanto più si accende di una passione divina: vendicare gli uomini straziati dai gorilla.

CANI REDENTI.

Meglio ritornare ai cani, agli onesti cani che, pur vivendo fra Tedeschi e Austriaci, hanno saputo rimaner cani.

Anche loro hanno sofferto per la guerra ma poi hanno finito col guadagnarci.

Quando abbiamo passato il confine, siamo entrati in un paese già mezzo desolato. Tra il Iudrio e l'Isonzo, allo scoppio della guerra, gli uomini validi erano già stati portati via dall'Austria a combattere contro i Russi: quelli che non la intendevano di farsi ammazzare per i padroni stranieri erano fuggiti di nascosto ed erano già venuti con noi: nei paesi non c'erano che i vecchi, le donne, i ragazzi e molta miseria. Paesi allegri, come Capriva, Mariano, Farra, erano una tristezza, con poca gente e senza lavoro.

Al nostro arrivo gli Austriaci naturalmente dissero a quei paesani e a quei contadini che noi li avremmo taglieggiati, fucilati, impiccati, come avrebbero fatto loro; e li invitarono a scappare con loro nell'interno dell'Austria. Ci furono di quelli che, istupiditi dalla paura, credettero agli Austriaci e andarono nell'interno a mangiare il pan di legno che l'Austria passa ai suoi sudditi. Ma i cani gli Austriaci non li vollero, perchè di bocche da sfamare ce n'erano già troppe. E perciò i cani rimasero numerosi anche nei paesi dove di gente ce n'era rimasta poca. Credo che anche gli impiegati e i gendarmi austriaci, scappando davanti alla nostra avanzata, siano stati costretti ad abbandonare i cani, sempre per quella solita ragione dell'economia: se no, non si spiegherebbe come se ne siano trovati tanti senza padroni quanti se ne sono trovati. A meno che i cani stessi, stanchi di mangiare pane di segatura e rodere gli ossi dell'anno avanti, non si siano rifiutati di seguire i padroni.

Cani di tutte le razze. Ma i più cani bastardi, mescolanze di sangui diversi come succede in Austria. E poi il cane senza padrone, randagio, affamato, perde i segni della razza, come l'uomo quando è ridotto alla miseria. Tuttavia, anche sotto l'apparenza spaurita e meschina a cui erano ridotti, in qualche bassotto e in qualche setter si riconosceva il cane che doveva aver appartenuto a un ufficiale austriaco, o, peggio, a qualche borghese austriacante; cane abituato a mettersi in piede davanti al ritratto dell'Imperatore d'Austria e alla salsiccia di Vienna, e ad abbaiare all'arcobaleno perchè pare, in cielo, un gran tricolore d'Italia.

Ebbene anche questi cani, che meritavano di essere messi in un lanciabombe, e ributtati nelle trincee nemiche, sono stati accolti con pietà dai nostri soldati. Hanno capito, anche i cani austriaci, perchè sono prima cani e poi austriaci, che bastava presentarsi con aria un po' dimessa nei nostri accampamenti per essere senz'altro invitati al rancio. Passata un po' la fame, diventarono subito, come tutti i cani di questo mondo—eccettuati i mastini di Prussia—allegri e espansivi. E ufficiali e soldati, contenti di aver trovato bestie di buon umore e compagnevoli, li adottarono. Così ora i nostri battaglioni hanno in forza anche di questi trovatelli. C'è il cane che si considera proprietà di questo soldato o di quell'ufficiale; ce n'è un altro che è di tutta la compagnia. Si sono strette amicizie di ferro tra i cani del Friuli redento e i soldati italiani, e anche il cane più austriacante è diventato irredentista.

Sfido io; si sa—e anche i cani devono saperlo—che in Austria e in Germania il governo, per ridurre i consumi, è ricorso alla decimazione di cani, divenuti a loro volta oggetti di consumo. Da sotto la tavola, a mangiare, sono passati sopra la tavola, a farsi mangiare. Si capisce che, pensando al lacrimevole destino dei loro imperiali e regi fratelli, tutti questi cani affrontino il rischio magari di morire in battaglia, ma a pancia piena, dalla parte degli Italiani.

LA BERTUCCIA CECCO BEPPE.

Nelle località abbandonate e in quelle che si devono far sgomberare perchè gli Austriaci, per vendicarsi di averle perdute, le bombardano di lontano, non si sono trovati solamente cani senza padrone.

Nella villa di...., appartenente a un Feldzugmeister, qualche cosa come un generale di artiglieria austriaco, si trovarono anche un pappagallo e una scimmia: due bestie che i proprietari avrebbero dovuto portarsi via se non per altro per rispetto alla vecchiaia. Il pappagallo doveva aver più di cento anni, tanto era intignato e incartapecorito. Quando, dalla sua gruccia, vide entrare i nostri soldati—erano bersaglieri ciclisti—si mise a strillare qualche cosa come:

—Kau, kau, ka, kau....

I bersaglieri dissero subito che parlava tedesco. Ed uno che era stato a lavorare in Boemia e qualche parola di tedesco la capiva, credette che la bestia gridasse:—Krakau, Krakau.

Krakau vuol dire Cracovia. Perciò il bersagliere lo prese e lo buttò fuori dalla finestra, dicendo che la strada più svelta per Cracovia era quella.

Nemmeno la scimmia era una scimmia graziosa. Era un bertuccione piuttosto in là cogli anni anche lui: spelacchiato in più parti, con una specie di barba a collare, bianca sporca, che dava alla sua fisonomia una grande somiglianza con il ritratto di un augusto personaggio che non mancava nemmeno in quella villa. I soldati dettero subito alla bertuccia il suo nome:

—Cecco Beppe, to', guarda Cecco Beppe.

La somiglianza c'era anche nel carattere, perchè, appena un bersagliere le si fece vicino, la bestia cominciò a sbattere i denti, e non si capiva se li battesse per far paura o perchè aveva paura. In ogni modo era un bel caso che a quell'età avesse ancora dei denti da battere.

—Mandiamo a Cracovia anche lei?—propose un soldato.

—No—fece un tenente;—Cecco Beppe lo prendo con me; mi porterà fortuna.

E, presala per la collottola, si collocò la bertuccia sulla spalla; la bertuccia ci rimase, di cattivo umore, ma tranquilla.

—Con questa sono sicuro che non mi tireranno: non vorranno mica ammazzare il loro imperatore.

Gli altri approvarono e qualcuno aggiunse ridendo:

—E poi non si dirà più che Cecco Beppe non va al fronte.

Scherzi di soldati e di ufficiali che, specialmente in guerra, si divertono con poco. Ma nello scherzo c'era anche un fondo serio.

17

Per quanto ci ridano, i soldati in guerra sanno che il pericolo di morire c'è da per tutto, anche dove non pare. Naturalmente lo affrontano più volentieri dove meno si nasconde; dove ce n'è di più, c'è più soddisfazione. Tanto —dicono—è destino: se il destino ha fissato che uno muoia, muore anche a star riparato; se no, può anche entrare nella bocca di un mortaio austriaco carico, che non gli succede niente.

Questo si dice ed è bene dirlo; ma, dentro, ognuno pensa che, se si può sviare un destino cattivo, non è male fare qualche cosa per sviarlo. Dovere del soldato è quello di morire, se è necessario, ma è anche più dovere restar vivo più che sia possibile, per fare invece morire i nemici. E, in barba al destino, si finisce col credere che esistano degli oggetti taumaturgici che valgano a sviare il destino e i proiettili che ci potrebbero essere destinati. C'è chi porta al collo la medaglia di un santo, c'è chi porta in un medaglione una ciocca dei capelli della mamma: l'amore non è l'avversario più potente della morte? Ma c'è chi tiene per buoni portafortuna anche oggetti meno sacri: un anello, un chiodo, uno scarabeo. Sono preferiti come talismani i frammenti di obici e le pallette di shrapnells che ci sieno cascate vicino: pare che la granata scoppiata tenga lontana quella che potrebbe scoppiare. Era naturale che il tenente dei bersaglieri si garantisse da tutti i pericoli dell'imperatore d'Austria portando sempre con sè l'immagine viva dell'imperatore, il bertuccione Cecco Beppe.

E subito parve che il suo dovere di talismano la bestia lo sapesse fare.

I bersaglieri si aggiravano ancora nella villa di cui avevano spalancato le finestre, quando uno stridore rapido e violento lacerò l'aria, e subito si udì un gran tonfo di pentolone che schianta: una granata era scoppiata nel giardino. Un'altra, un minuto dopo, scoppiava davanti l'ingresso: la terza prese un angolo del caseggiato e rovinò una camera. Tiravano esatti gli Austriaci, e una dietro l'altra le loro pillole.

I bersaglieri erano scesi al pianterreno e aspettavano zitti che quel brutto giuoco smettesse. La decima granata cadde proprio sopra la stanza dov'erano riparati: si sentì uno schianto di travicelli, e i calcinacci rovinarono sulle teste dei bersaglieri addossatisi agli angoli. Dal buco aperto del soffitto cascò giù a piombo il proiettile, a pochi passi dal tenente e dalla scimmia. Tenente e soldati videro l'attimo che doveva esser l'ultimo della loro vita. No: la grossa granata, un 152, non scoppiò. Si guardarono meravigliati di esser vivi e alcuni ebbero una voglia matta di ridere. Le altre dieci o dodici granate che scoppiarono ancora, due sulla villa e le altre nel giardino, non fecero loro più nè caldo nè freddo. Ma tutti concepirono un vero rispetto per la bertuccia che in tutto quel fragore era rimasta accoccolata sulle spalle del tenente, movendo appena gli occhietti in qua e in là, incuriosita. E più d'uno chiese all'ufficiale il permesso di toccare la coda al potente animale, che se la lasciò tirare con molta degnazione.

In seguito a questo incidente, l'ufficiale fu proprio convinto di aver fatto un acquisto prezioso nella scimmia del generale austriaco e non se ne volle più separare. Le riconosceva molti difetti—ladra, finta, scorbutica—ma non sarebbe più andato in un servizio un po' rischioso senza quella brutta ma provvidenziale compagna. I colleghi gli facevano notare la faccia ambigua e maligna, la gravità sinistra dell'animale; ma il tenente rispondeva che gli idoli più potenti sono quelli che hanno una grinta più brutta. E restò sempre meglio persuaso che la presenza di Cecco Beppe lo avrebbe preservato dai pericoli a cui, sempre più animosamente, si esponeva.

Da quel momento in poi si può dire che il tenente non passasse giorno senza correre qualche grosso rischio. Dove andava lui pareva che le granate si fossero date convegno: le fucilate pareva che gli corressero dietro. Ma lui ne usciva sempre incolume, e Cecco Beppe confermava sempre più la sua fama di paraguai. Se di guai ne attirava più del bisogno, evidentemente lo faceva soltanto per mostrare la sua potenza nel pararli.

Fin che, un giorno, il tenente e Cecco Beppe si trovarono in trincea. Anche i bersaglieri-ciclisti facevano servizio di fanteria. Cecco Beppe, che era una bestia poco affettuosa ma che al suo nuovo padrone si era adattato abbastanza bene, e con lui si mostrava calmo e quasi ubbidiente, arrivato in trincea, fu preso da una smania nuova. Forse aveva sentito l'odore dei Croati dalle trincee antistanti e meditava una diserzione vera e propria. Così fu che, riuscito a sciogliersi un momento dalla catenina che gli stringeva la pancia, dette un balzo sul parapetto. Il tenente gli fu dietro ma non riuscì ad afferrargli la coda. I tiratori nemici si erano già avvisti di un movimento in quel punto della nostra trincea e qualche schioppettata cominciò a frullare tra gli arbusti e i reticolati. Ma il tenente rivoleva ad ogni costo la sua scimmia; si issò sul parapetto per riprenderla. Aveva appena messo fuori la testa che una pallottola lo rovesciò morto nella trincea.

CONFIDENZE CANINE.

Migliori portafortuna sono i cani che si sono portati in guerra da casa. Non che possano l'impossibile: garantire dal pericolo, salvare dalla disgrazia. Ma non è una fortuna avere, in guerra, dove nessuno può accompagnarci, il compagno più devoto e familiare della pace? E se la disgrazia deve succedere, sperare che il testimone fedele ritorni, come una parte ancora viva di noi, ai cuori da cui partimmo.

Si sa che per l'ufficiale di carriera, specie per quello delle armi a cavallo, il cane è un attributo indispensabile. Per chi non capisce gli animali sarà soltanto un piccolo lusso di più, ma per chi sa quanto codesto animale ha di umano, il cane è il confidente migliore nella vita militare, dove tante volte, nella gran compagnia, ci si sente anche soli! Perchè superiori e compagni possono essere abbastanza diversi da noi. Sono quelli che il caso ci ha dati; e poi, quando anche somigliano agli amici che ci saremmo scelti, mutano troppo presto: specialmente in guerra, dove, appena stretta un'amicizia, se non è il nemico che ce la porta via, è un ordine che la trasloca. Ma il cane resta, compagno d'armi costante e discreto.

Per il cane, che da secoli e secoli accompagna in guerra il padrone e il suo cavallo, la guerra è sempre una festa: anche la guerra d'oggi che, bisogna convenirlo, ha i suoi giorni di tedio cupo. Il cane ha un «morale» di altezza costante; rimane ilare e festoso. Come ruzza volentieri fra i cavalli, così si mantiene chiassone fra gli autocarri e le trattrici che ingombrano schiaccianti le strade della guerra odierna.

Fu così, per ruzzare tra gli autocarri, che la povera Rati—una canina bianca col musetto rosa e le zampe grosse di cucciola—ne ha avuta schiacciata una. E i suoi amici non si vergognarono di affliggersi anche per quella mutilazione canina mentre pur tanti feriti umani passavano nelle ambulanze.

E poi, si sa, nell'esercito, i cani degli ufficiali superiori godono, per riflesso, della deferenza a cui hanno diritto i galloni del padrone. Specialmente se sanno farsi ben volere. Non si creda però che il cane di un colonnello tenga a distanza il suo simile perchè non è che il canino di un sottotenente. Cani di superiori e canini di subalterni scherzano insieme con simpatica confidenza. Fra i Tedeschi e gli Austriaci no: fra loro chi ha più stellette non parla con chi ne ha meno se non per dargli degli ordini. Ma fra noi Italiani, e anche tra i Francesi e gli Inglesi, in guerra gli ufficiali di tutti i gradi si parlano come uomini e si vogliono bene alla pari anche fra gradi diversi.

Il che non impedisce che, in servizio, ognuno ritorni al suo posto e chi deve ubbidire si metta sull'attenti e chi deve comandare comandi.

Buby, per esempio, sentiva benissimo, come cane, di aver per padrone un generale. Buby era un magnifico danese, grosso e buono come un vitello. Chiassone quanto gli permetteva la sua corporatura pesante, viveva in buoni rapporti di amicizia con tutti i cani del vicinato, senza badare se fossero cani subalterni e magari cani borghesi. Al più si poteva dire che era un po' viziato perchè, nella sua qualità di cane di un comandante, c'era chi lo corteggiava; per cui alle volte si abbandonava a qualche sconvenienza, si capisce di che genere, dove non avrebbe dovuto.

Ma, per quanto sbarazzino, appena vedeva pronta per uscire l'automobile di Sua Eccellenza, si ricomponeva tutto con molta gravità. Si trattava di accompagnare il generale al fronte, in qualche osservatorio, in giro d'ispezione: Buby sentiva l'importanza della cosa. E ad una prima chiamata saliva

20

in vettura, e si sedeva sulle zampe di dietro, serio, immobile, senza guardar più in faccia nessuno. L'ufficiale di ordinanza che gli sedeva accanto non era più dignitoso di lui. Anche Buby partecipava alle responsabilità dell'alto Comando.

Rammento una sera che Sua Eccellenza tornò al Comando tardi, stanco, con gli occhi dolenti. Era avvenuto, quel giorno, uno dei primi combattimenti sanguinosi del nostro corpo d'armata. Era stato interrotto da un temporale d'inferno e i risultati ottenuti non parevano adeguati al sangue sparso. Forse quel giorno, per la prima volta in vita sua, anche il generale aveva visto dei morti, molti morti, che erano caduti per un ordine che lui aveva dato. Quel generale era un vecchio elegante, dalle mani grassoccie e bianche come quelle di un cardinale.

Quella sera, appena rientrato, chiese dei suoi ufficiali. Chi c'era si presentò: il generale li guardò ad uno ad uno, come se temesse di non rivederli tutti dopo quel giorno di battaglia. Si aspettavano che dicesse qualcosa; si indovinava che era commosso, che avrebbe voluto aprirsi con qualcheduno. Ma tacque, e licenziati gli ufficiali, riuscì in giardino a passeggiare solo coi suoi pensieri. E allora chiamò Buby.

—Buby, Buby, qua....

E Buby, che era rimasto in disparte, silenzioso, corse al padrone e si mise al passo con lui, serio, su e giù per il giardino vuoto, mentre il cannone rombava ancora nel buio. Capii come un cane possa ricevere dopo la battaglia le confidenze che un generale non può fare a nessuno, in silenzio, confidenze che dette ad alta voce sarebbero debolezze.

Così ci confidiamo con voi, ragazzi, noi babbi, che certi giorni—i giorni neri di tutte le vite—vi chiamiamo per non dirvi nulla, ma vi guardiamo negli occhi in un certo modo che anche voi ve ne accorgete. E diventate seri, perchè avete capito che vi si è detto qualche cosa di segreto e di doloroso che non si oserebbe dire ad alta voce nemmeno a noi stessi.

I GATTI CHE NON CI SONO.

Gatti in zona di operazioni non ne ho trovati, o appena qualcuno e così brutto che non meritava il nome dell'animale cattivello, se volete, ma elegante che si chiama gatto.

Voi sapete che io ai gatti voglio bene e posso assicurarvi che anche i gatti vogliono bene a me: stiamo volentieri insieme perchè non ci diamo noia a vicenda. Io scrivo e il gatto sonnecchia, tutti e due in silenzio: non si sente che lo scricchiolio della penna e il brontolio leggero delle sue fusa; in quel ronzio sottile tutti e due tessiamo qualche cosa che ci diverte. Animali nati per la pace e per il raccoglimento, tanto io quanto il gatto. Sono stati i Tedeschi che ci hanno costretti a far la guerra per difenderci.

Credeva di essere il mastino del mondo il Tedesco e con una zampata schiacciarci tutti noi, poveri gatti di occidente. Non sapeva che il gatto, tanto più piccolo e più debole in apparenza, in realtà è forte quanto lui e più elastico; sembra che non possa svegliarsi dai cuscini dove impigrisce se non per scappare, e invece in un baleno, con un guizzo, è in posizione di battaglia; arcate le reni, non soffia soltanto, ma sgraffia, assalta, ed è il mastino che da ultimo deve scappare nel suo covile col muso sanguinante.

Sta il fatto però che i gatti mancano in zona di operazioni: e la loro assenza mi pareva accrescere quel vuoto di molte cose che dà un'aria lugubre alla guerra anche quando la battaglia non imperversa. Assenza inconciliabile con l'opinione comune che il gatto rimanga nelle case anche quando il padrone le abbandona. Come mai, se il cane era rimasto, il gatto se n'era andato?

Mettiamo che di gatti in territorio austriaco non ce ne siano stati mai molti. È una bestia che ai governi polizieschi non deve piacere, perchè ha l'abitudine di pensare e di fare come pare a lui, senza chiedere il permesso alle autorità. Non adula un padrone che non merita nulla, come qualche volta fa, per troppo buon cuore, il cane. L'imperatore d'Austria ha trattato sempre come cani i suoi sudditi: ha preteso che benedicessero le sue bastonate e che si chiamassero fedelissimi. È lui che deve avere inventato la leggenda dell'infedeltà del gatto, perchè il gatto italiano era indipendente.

Perchè dunque il gatto non si trova a combattere anche lui la grande guerra d'indipendenza? Che si sia imboscato per viltà? Non lo posso ammettere. Troppe prove di coraggio ha dato in ogni occasione, troppo disprezzo ha del nemico, per grande e grosso che esso sia.

Non c'è che una spiegazione, pur troppo, all'assenza misteriosa. Che il gatto in Austria abbia cessato di esistere ancora prima che noi andassimo a liberare le nostre provincie. Gli Austriaci ci chiamano Katzelmacher, ma loro sono Katzelfresser—divoratori di gatti. Ho assunte informazioni sul posto e ho saputo, pur troppo, di molti casi in cui, mancando ogni altro genere di carne, della povera gente ha dovuto mangiarsi il proprio gatto. Spero che se lo siano mangiato piangendo, ma se lo sono mangiato. Sono gli orrori della guerra.

Una volta nel Friuli austriaco il governo giallo e nero faceva credere che sotto di lui si stava bene mentre sotto l'Italia si stava male. Guardate—diceva—i vostri vicini di là del Judrio, friulani come voi, ma italiani: loro non mangiano che polenta asciutta, mentre voi mangiate i nostri buoni stufatini austriaci ben unti di sego! Loro si vestono, come povera gente, di panni paesani tagliati alla meglio, mentre voi vi vestite come signori con i vestiti fatti che noi vi mandiamo da Vienna. Loro non parlano che italiano, mentre a voi vi insegnano anche a parlar per tedesco. Loro sono poveri e rozzi, mentre voi siete ricchi e istruiti.

Discorsi simili devono essersi fatti anche tra i gatti d'oltre confine e i gatti di qua del confine quando si incontravano, nelle belle notti di gennaio, sul ponte di Visinale. Perchè c'erano dei gatti ingenui che alle frottole dei loro padroni ci credevano.

Ma che trionfo oggi, per i gatti del Friuli italiano, che son rimasti tutti vivi e sonnecchiano gustosamente al calduccino delle cucine con l'antico cammino in mezzo, mentre al di là del confine, intorno ai focolai economici, alla tedesca, si aggirano gli spettri dei poveri gatti che vi sono stati arrostiti col Kunerol!

Se vedeste come è tranquilla la vita al di qua del confine, nelle buone osterie patriarcali di Manzano, di Corno di Rosazzo e di Oleis, a pochi passi dalla guerra ma al sicuro. Fumano le granate austriache sul Corada; dal Carso viene un brontolio di temporale che non smette mai; di notte l'orizzonte si accende di luci misteriose, di meteore bianche. È la guerra, sì; tremano le finestre agli spari delle nostre artiglierie; anche qui sono molti soldati, venuti dal fronte, in riposo: e codesti soldati raccontano quel che succede laggiù, cose terribili e grandi; ma le raccontano tranquilli, come se tutto fosse finito e queste fossero le loro case e intorno a questi focolari sedessero le loro famiglie. E cantano le canzoni dei paesi lontani, e motteggiano in dialetti che nessuno aveva mai sentiti da queste parti.

I paesani di Corno, di Manzano, di Oleis, pensano con un brivido a quello che sarebbe toccato a loro se, invece di fare noi la guerra all'Austria, avessimo aspettato che l'Austria ci attaccasse invadendo tutto questo verde piano che non si difende, se non arriviamo noi, una volta per sempre, anche da questa parte, a prender tutte le cime dei monti.

Anche i gatti che sonnecchiano nell'osteria di Corno di Rosazzo, mentre l'ostessa e le sue figliuole mescono ai soldati il vino bianco del paese, devono pensare a qualche cosa di simile nella loro tranquillità egoistica.

Egoistica sì: il difetto del gatto, che pure è un animale coraggioso, è questo: di non combattere se non è disturbato, proprio lui, proprio nella sua casa. Il suo egoismo è un po' gretto. Non è capace di slanci nemmeno per i gatti fratelli che sono in pericolo. I gatti friulani, che stanno bene al di qua del ponte di Visinale, aspettano, per passarlo, che la guerra sia finita e che gli Austriaci sieno ricacciati molto indietro, oltre i monti che si vedono più lontani. Sono come certi filosofi che, quando è scoppiata la guerra, hanno detto:

—Che me ne importa? I Tedeschi non verranno mica fino nel mio studio dove io faccio in pace le fusa sui miei libri! Vinca chi vuole: io la guerra non la faccio....

Quei filosofi meriterebbero di far la fine dei gatti di Val d'Isonzo: in padella.

QUANDO LA GATTA NON È IN PAESE.

Spariti i gatti, la guerra è divenuta l'orgia dei topi.

Formicolano nelle case abbandonate, fanno i loro comodi, da padroni, anche nelle case abitate. Topini inquieti e vivaci che potrebbero passare anche per animali graziosi se non avessero quella lurida coda da rettile; sorcioni figli della fogna, immondi. Banchettano, al crepuscolo, dei detriti abbondanti che la guerra lascia dietro di sè, gavazzano la notte per le cantine e nei solai, in turpi scorribande. Bestie sotterranee, portano alla luce i tristi misteri che la luce non dovrebbe mai vedere. Addentano di tutto, vivono della putrefazione. Tutto è fogna per essi; i resti più santi che noi copriamo, anche in guerra, perchè un giorno qualcuno verrà a piangere sulla croce che ne segna l'ultimo riposo, sono minacciati dalla loro laida voracità. Quando si sentono forti delle loro masse schifose, mordono anche gli addormentati, come fossero morti. Scivolano per le trincee come fossero state scavate per la loro vita di cloaca. Tutta questa guerra sotterranea con i cunicoli, con i camminamenti, con le gallerie, che hanno inventata i Tedeschi e che noi dobbiamo accettare per vincerli con i loro mezzi, pare fatta ad intenzione dei sorci delle chiaviche.

I Tedeschi diranno che a ispirargliela è stato il castoro, perchè guerra di insidie, nascosto, la fa anche il castoro, e proprio, come sapeva Dante, «fra li Tedeschi lurchi». Ma anche il sorcio di fogna c'entra per qualche cosa. Se non altro perchè è animale più compaesano dei nostri nemici che nostro.

Noi non abbiamo nemmeno un nome preciso per designarlo: i Veneti le chiamano «pantegàne», ma in Toscana le dicono talpe, come quelle altre, anche sotterranee, ma tanto più pulite, le brave compagne del contadino nel liberare dai vermi le radici delle piante: è chiaro che i Toscani le hanno conosciute tardi e, forse per eufemismo, le hanno identificate a una bestia decente. Si sa infatti che la prima grande invasione dei sorci in Italia seguì quella degli Unni. Da queste parti, come è noto, si affacciarono nel quinto secolo di Cristo i brutti Mongoli dalla faccia cagnazza, scendendo qui per la solita strada dei barbari, da queste Alpi Giulie che si devono riprendere tutte. C'è giù, nel piano, Aquileia che dalle sue rovine illustri ripete al mondo il ricordo di quelle devastazioni antiche. Di qui sono passati anche i sorci di fogna. E quelli che ora infestano il terreno della nostra guerra sono i loro degni discendenti, come là sul Carso quelli che tentano di impedirci la strada di Trieste sono i discendenti degli Unni: gli Ungheresi. Faremo pulizia per sempre degli uni e degli altri.

Quanto ai minori topi, che, se vi fa piacere, possiamo per ora sopportare in piccola quantità, provvederanno, a guerra finita, i nostri gatti. Perchè, anche pochi, sono insopportabili.

Un inglese in India trovò una volta un monaco, naturalmente indiano, che viveva in una capanna tutta nera di topi; e monaco e topi si facevano, pare, buona compagnia. L'inglese manifestò la sua meraviglia chiedendo:

—Perchè non li ammazzate?

A cui il sant'uomo rispose:

—E perchè voi li ammazzate?

Bella risposta in bocca a un santo indiano. I nostri santi però possono aver fatto vita comune con i cani, con i leoni, anche col porco; ma con i topi no. Anzi furono proprio i monaci che portarono dall'Egitto in Italia molti gatti per distruggere i topi e i sorci. Così sia.

Perchè non tutti gli uomini hanno l'abilità che aveva il mio attendente, di acchiappare i topi con le mani. Sicuro, Rinaldo è stato capace di afferrare qualcuno di quei scivolanti roditori. È vero che il topo si sentiva così sicuro del fatto suo che veniva a riposare comodamente sul mio letto e guardava intorno con un certo luccichìo di prepotenza negli occhietti. Rinaldo lo afferrò con una manata sicura che fece fare alla bestiolina uno strillettino. Era troppo tardi per dirgli: fa' a modo.

Ho sulla coscienza la morte di un topo che forse non aveva altra colpa che quella di voler vivere anche lui. Ma la guerra, anche la più umana, questo diritto non lo riconosce. E per questo dobbiamo sconfiggere l'Austria e la Germania, che hanno ucciso la pace del mondo.

FASTIDI.

Un personaggio di Shakespeare era così sensibile che, una volta, ad un banchetto, fece una scenata a suo fratello perchè questi aveva ammazzata una mosca. Il fratello si scusava:

—Ma, signore, non ho ammazzato che una mosca.

E l'altro, sempre più irritato, a brontolare:

—Ma se codesta mosca aveva un padre e una madre? Povero insetto innocente, che con la sua ronzante melodia era venuto qui a tenervi allegri; e tu lo hai ammazzato!

Il personaggio di Shakespeare aveva in quel momento le sue buone ragioni per dire delle stranezze. La mosca andrebbe sempre ammazzata, se anche ad ammazzarla non facesse schifo. È una sozza bestia: quando gli uomini hanno voluto dare al diavolo un brutto nome lo hanno chiamato Belzebù, che s'interpreta re delle mosche. Prospera nella sporcizia peggio del topo: in guerra, si accompagna alle sue più tristi, inevitabili brutture. E contro la mosca non servono i moschetti.

D'estate è un nemico che l'esercito non riesce a scacciare dalle proprie file; la petulanza è più forte della forza. Per essa non esistono trincee nè reticolati: se l'avversario ha nei suoi ospedali il tifo, l'enterite, il colèra, la mosca si affretta a trasportarli nelle nostre file. E allora la guerra diviene veramente il più orribile sogno che l'uomo possa sognare a occhi aperti. Si rompe il quarto sigillo dell'Apocalisse e il cavallo giallastro corre la terra.

Perchè il ferito, per quanto soffra, ha sempre nel suo aspetto qualche cosa di sano: la sua giovinezza è una speranza contro le ferite più laceranti; promette di risarcire i tagli più profondi, gli strappi più crudeli: il male è visibile, è dal di fuori. Ma il malato di male epidemico è dentro che si sta decomponendo: la disgregazione dei visceri si manifesta nel lividore della pelle, nel dimagrimento che lo sfigura peggio che uno squarcio di granata. Se lo vedesse all'improvviso così, affondato nella branda del lazzaretto, forse sua madre stessa esiterebbe a dargli un bacio.

Fortunatamente il più delle volte guarisce anche lui. Qualche volta la Natura si vergogna di uccidere un soldato così, a tradimento. Ma le mosche continuano a ronzargli intorno come desiderose di potere da lui infettare un altro. La profilassi, che riesce ad arrestare la propagazione del morbo, vincerebbe più presto, se potesse fermare i voli infausti delle mosche.

In un ospedale da campo ho visto un piantone che non faceva che una cosa: con un fascio di foglie scacciava le mosche ronzanti intorno al compagno ferito. Quel gesto umile, lento, ma continuo quanto il sole nella giornata di luglio, pareva anche un gesto eroico; perchè era materno. Il ferito aveva alta la febbre e gli luccicavano gli occhi: ma anche per qualche raggio di gratitudine.

Quando, non ostante tutto, il morbo è scoppiato, si impone la pulizia, la cura del cibò che si mangia. Con qualche precauzione si può vivere in un luogo ammorbato senza nemmeno accorgersi che c'è il morbo. Ma ci si meraviglia che questo non sia anche più violento, a osservare la indifferenza di molta gente—che pure ha una gran paura di morir di colèra—verso le più facili precauzioni dell'igiene: nella loro tenace ignoranza costoro si ostinano a pensare che anche la malattia sia, come la ferita, questione di caso.

I medici militari hanno da combattere, più che con i malati, con i sani che possono ammalarsi. Meno male che i consigli igienici—che in pace non sono che consigli—in guerra diventano ordini: dieci giorni di prigione, con due ore di ferri al giorno, ad un soldato, per trascurata pulizia di un accampamento, possono salvare un reparto dal morbo minacciante. La disciplina aiuta l'arte medica a fermare la pestilenza, anche se non può fermare i nuvoli delle mosche sciamanti da un lazzaretto a una cucina.

Bella cosa però se Noè nella sua arca non avesse lasciato riemergere dal mondo sommerso anche la stirpe delle mosche, dei mosconi e delle zanzare!

E nemmeno, naturalmente, di altri insetti anche più piccoli e anche più laidi. Ma evidentemente tra le punizioni dell'uomo era stabilita anche quella di grattarsi: e in guerra più che in pace.

La scomparsa dei parassiti segnerà un momento solenne della civiltà umana. Un mio amico, straniero, che conosce l'Italia da molti anni, mi assicurava di aver avuto una prova della civiltà cresciuta nel nostro paese dal fatto che ora, nelle nostre città, si passeggia anche tra la folla senza riportarne a casa, in qualche piega della biancheria, qualche piccolo saltatore nero. In compenso io gli ho raccontato che di un altro insetto, notturno succhiatore di sangue, non avevo mai fatto esperienza nel meno lindo dei nostri villaggi, e non la avrei forse mai fatta, prima di passare un estate in Austria. Negli interstizi del legname che abbonda nella camera austriaca il caldo incuba le colonie dell'odioso parassita. Il nostro soldato, che sapeva di accantonarsi in territorio di costume austriaco, ha fatto bene a provvedersi di una piccola arma da caricarsi a polvere insetticida.

Sono questi i mali segreti e ingloriosi della guerra. Ma ci sono; e ne parlano senza vergogna, tornando dalle trincee, ufficiali che in pace erano lindi come tulipani all'alba. Perchè in trincea tutto è a comune tra l'ufficiale e il soldato: il valore, l'onore, la pazienza, ma, purtroppo, quando ce ne sono, anche gli insetti che non ho nominati.

Contro i quali tuttavia può anche la disciplina. Sicuro; un ordine opportuno e ben obbedito aiuta a vincere anche battaglie di questo genere. In guerra si vede perchè ai soldati si limiti la libertà di tenere barba e capelli a propria fantasia: teste rase e faccie quanto meno barbute, tanto meglio.

Il mio generale, che sa l'arte di vincere perchè sa quella di comandare, non credeva indegno del suo alto ufficio occuparsi di queste faccenduole. Quando trovava un soldato troppo trasandato nell'uniforme e con i capelli lunghi, si fermava e lo fermava: lo fissava e gli chiedeva il nome. Quel soldato, ritornando all'accampamento, era sicuro di trovarsi preparata una punizione d'ordine di S. E. in persona.

Un generale, con i suoi soldati, qualche volta deve fare come la mamma che mette in castigo il suo ragazzo perchè la mattina gli è parso fatica lavarsi il collo.

I soldati sono spesso dei ragazzi che, a lasciarli fare, si fa il loro male. E cocciutelli alle volte, proprio come ragazzi. Quanto c'è voluto a un nostro bravo bersagliere—buono, del resto, come una pasta— per fargli tagliare un ciuffetto nero che il cappello portato di banda, proprio alla bersagliera, gli lasciava in mostra. Ci teneva a quei capelli, perchè, diceva, erano capelli «di mamma sua». Ma in guerra si devono sacrificare le cose più care.

E un altro soldatino fu anche più cocciuto per un suo bel pizzo castagno. Venne l'ordine a tutto il reggimento di rader pizzi e barbe. A rigor di termini i regolamenti permettono al soldato di portare un pizzo contenuto in certi limiti. Ma il colonnello di quel reggimento partiva dal principio radicale che dove non c'è più bosco le bestie feroci non fanno più il covo; perciò via tutto il bosco: e ordinò ai suoi soldati rasatura completa del mento oltre che della testa.

Ma il soldatino ne fece una questione d'onore. Forse in qualche libro aveva letto che il pizzo lo si è chiamato anche «onor del mento». E protestò:

—Il pizzo non me lo levo. Piuttosto mi faccio fucilare.

Una risposta di questo genere si chiama un rifiuto di obbedienza: mancanza che si punisce sempre, e in guerra più severamente. Così fu che per la sua rispostaccia il soldato fu mandato al Tribunale di guerra; una faccenda seria. Naturalmente a nessuno dei giudici passò per la mente che fosse il caso di condannarlo alla fucilazione: ma due anni di reclusione non glieli poterono risparmiare.

Sappiate però, per vostro conforto, che i due anni di pena li sconterà, caso mai, a guerra finita; e allora, se si sarà portato bene, nel pizzo e nel resto, avrà la grazia: dopo di che, in pace e da borghese potrà togliersi il gusto di portare in pace, la barba lunga, se gli verrà, fino ai piedi.

Voi mi direte che i cavalieri di Carlo Magno, barbuti, erano eroi, quantunque le ricerche storiche che si potrebbero fare in quelle barbe non sarebbero senza resultato: ma i legionari romani, rasati e glabri, vinsero i Teutoni e i Cimbri dalle barbacce rosse.

Si vuole che l'origine del nostro nome, Italia, sia proprio questo: paese dei vitelli. Il nome, un tempo, tremila anni fa, designò quella estrema penisola della penisola che i naviganti dell'Oriente greco e fenicio incontravano prima venendo a noi, la Calabria d'oggi: poi il nome salì per tutta la grande penisola, valicò l'Appennino con i Romani; a tempo di Giulio Cesare e di Augusto comprese anche questa provincia che stiamo riconquistando zolla per zolla, su su, oltre quella gran terrazza di monti che vedete sopra Gorizia, fino a quell'ultima altura che scende a taglio netto, come uno scalino: Monte Re. Era, tutta questa, la decima regione dell'Italia romana.

L'Italia, detta dai giovenchi, è qui....

Il verso virgiliano del nostro caro e grande Giovanni Pascoli—come sarebbe contento oggi il grande Pascoli d'essere ancora vivo a vedere, a sperare, anche a soffrire!—mi ronza negli orecchi mentre l'automobile si è dovuta fermare sul ponte del Visinale. Il ponte dell'antico confine, sul Judrio, è stretto, e i lunghi traini pesanti debbono passarlo un po' per volta per non stancarlo troppo. Anche l'automobile questa volta si è dovuta fermare—in fila con i carri, le prolunghe, i camions, i cannoni—all'imbocco del ponte, perchè lo sta passando una processione di buoi.

Sono tanti e tanti: fin dallo svolto della strada, in ordine con i soldati. Vien fatto di immaginare che anche al di là, oltre quella piccola altura da cui sbucano, tutta la pianura friulana ne formicoli: l'Italia ha richiamati tutti i suoi buoi da tutti i suoi campi; ne ha formato un placido esercito che si muove con l'altro esercito di uomini e di ferro. Chi sa che qualcuno di questi fantaccini, che fino a ieri erano contadini, non riconosca il suo vitello tra le centinaia e centinaia che se ne concentrano nei parchi. Sono contadini anche i soldati che guidano i drappelli bovini, i bovars, territoriali anziani, di questa provincia di Udine che così fortemente sostiene i suoi doveri di Provincia di confine, oggi tutta cinta dal fragore della guerra. I bovars, alti e ossuti, nei loro cappottoni turchini, sono rimasti dei guidatori di armenti vestiti da soldato: non hanno cambiato mestiere; soltanto invece che ai mercati li avviano direttamente ai macelli da campo; dietro le truppe operanti. Tranquilli e pazienti oggi alla guerra, come ieri ai mercati. L'aereoplano austriaco può volare sopra di loro curioso e minaccioso. Essi nemmeno alzano gli occhi a cercarlo in cielo, tra i fiocchi bianchi dei nostri shrapnells che ne segnano la rotta.

Placidi bovars e placidi bovi. Voi direte che è per indifferenza: che il bue non ha paura perchè non sa, non indovina che cos'è la morte fin tanto che non è morto. E che in fin dei conti il suo destino di finire spezzettato e cotto è il medesimo in pace o in guerra.

Io ho un'opinione migliore del bue. Mi pare impossibile che, stando sempre con l'uomo, a lavorare con lui, non abbia capito qualche cosa di quello che succede. Quando dalla sua stalla ha visto partire i figliuoli maggiori di casa, tutti insieme, e i rimasti li ha veduti guardarsi fra loro, così seri, deve avere indovinato che qualche cosa di nuovo stava succedendo nel podere, in tutti i poderi della fattoria. E quando son venuti a tirar fuori dalla stalla anche lui e lo hanno portato alla stazione, dove c'erano altri buoi e altri contadini, deve aver cominciato a capire che il nuovo era anche grande, per gli uomini e per i loro animali.

Poi c'era stato il lungo, lento viaggio in treno—buoi, cavalli, soldati: per la strada, all'incontro con altri treni, quando i soldati si salutavano vociando, anche ad essi veniva fatto di muggire con i musi sporgenti dalle aperture di quella stalla stretta e bassa che si moveva. Così fino al confine, quanti incontri con buoi sconosciuti, ma che dovevano trovarsi lì tutti per la stessa ragione! I grandi buoi candidi della Val di Chiana, i potenti cornuti del Senese guardavano con curiosità i più piccoli compagni rossastri del Piemonte; le razze romagnole scoprivano per la prima volta le razze friulane. Anche nei duri crani bovini deve essere entrata un'idea nuova, più vasta, della loro specie: di essere molti, assai più di quanti potevano figurarsi mentre erano vissuti nelle loro stalle disperse; e differenti tra loro, ma, così differenti, simili, fratelli.

Che non sien proprio capaci i buoi di sentire l'orgoglio di esser tanti, e tutti buoi d'Italia?

L'Italia, detta dai giovenchi, è qui....

Questi che, a drappelli, a plotoni, a battaglioni, stanno passando il ponte di Visinale, vanno a morir per l'Italia. Non ridete dell'idea di sacrificio che mi fa pensoso al loro passaggio. È un'idea ohe doveva avere qualche mio antenato preistorico di quattro o cinquemila anni fa. I nostri antenati mediterranei non erano in origine divoratori di buoi come i tedeschi carnivori; erano agricoltori; nel bue vedevano il compagno di lavoro, non la vittima indispensabile al loro appetito. Quando lo ammazzavano, sentivano di sacrificarlo. E lo sacrificavano infatti agli dei. Così la povera bestia moriva sì, ma per uno scopo più nobile che non fosse proprio quello di riempir la pancia ai suoi uccisori: questi non facevano che utilizzare un avanzo di ciò che gli dei avevano avuto.

Non è una macelleria ma un sacrifizio di buoi questo che noi facciamo ora, per preparare il rancio a centinaia di migliaia di soldati. Sacrifizio appare anche per la quantità straordinaria dei capi che si abbattono. Noi prepariamo il pasto quotidiano di carne a contadini che in pace, nei loro campi, non dovevano mangiar tanta carne per essere forti contadini. Ma il contadino, trasformandosi in soldato, ha bisogno che anche il suo nutrimento si trasformi; e le energie vive che questa vita di fatica e di pericolo gli consuma, le ristora il buon pezzo di carne che ogni giorno gli arriva nella gavetta di brodo. Si sacrifica il contadino; è giusto che si sacrifichi il suo animale. L'animale si sacrifica all'uomo, ma tutti e due si sacrificano a qualche cosa che vale più di qualunque vita animale, di uomo, di eroe. Qualche cosa che vive mentre noi moriamo e che è come il riflesso eterno delle nostre vite passeggere: la Patria.

O Italia, che ai tuoi poeti apparisti santa nella pace campestre, Italia di Virgilio, di Garibaldi e del Pascoli, come ti riconosco qui, oggi, a batter l'Austria con le tue dure fanterie di contadini, dietro cui marciano, incolonnati come animali di battaglia, i loro buoi, al sacrifizio!

....Vissero nei campi
i forti antichi popoli: l'aratro
il solco eterno disegnò di Roma:
l'Italia, detta dai giovenchi, è qui.

BUOI E PROFUGHI.

Anche questo nuovo lembo di Friuli che abbiamo riaggiunto all'altro, il Friuli di Gorizia al Friuli di Udine, è paese di campi, di contadini e di buoi. Le case coloniche punteggiano di bianco il verde chiaro del piano, il verde scuro dei colli. Biade e viti al piano, viti e boschetti in collina, e in colle e in piano alberi da frutto come in poche altre parti di Italia: quando ci arrivammo, a giugno, pareva che i soldati non bastassero a finire le ciliege, tante ce n'erano.

Anche contadini ce n'erano. Non tutti, chè gli uomini fino ai quarantacinque anni se li era portati via l'Austria a fare i soldati in Galizia; c'erano solamente i vecchi, le donne, i ragazzi. Ma insomma le campagne non erano vuote: le stalle avevano i loro buoi, i cortili i loro polli. Sarebbe stata una bella cosa se si fossero potuti lasciar tutti dove erano, far la guerra senza disturbarli dalle loro occupazioni pacifiche.

Ma un esercito ha bisogno di molto spazio tutto per sè; e poi gli Austriaci avevano subito cominciato a tirar a granata sopra quelle case, sopra quella povera gente che si ostinava ad abitarci.

Codesti Friulani erano stati fino dal giorno avanti sudditi austriaci, e, quantunque italiani, avevano anche obbedite pazientemente agli antichi padroni. Sapevano che i nostri soldati non avrebbero loro fatto male; s'illudevano che anche gli Austriaci non si sarebbero vendicati su loro da lontano, a cannonate cieche.

Invece le granate arrivavano, dappertutto. E tuttavia i contadini non si movevano. Restavano lì, così intontiti che non avevano nemmeno paura. Se una casa era sfondata da un 305, si riparavano in un'altra. Non potevano credere che l'Austria facesse la guerra anche a loro.

Quando si è dovuto dar l'ordine di sgombero, hanno obbedito con l'animo straziato. Che importava loro aver salve le vite, se le case rimanevano esposte alla rabbia del nemico?

Sgomberi dolorosi che stringevano il cuore a quegli stessi che dovevano ordinarli. Quanta più roba potevano, la ammucchiavano sui carri, lunghi carri a quattro ruote a cui attaccavano i buoi: sopra, tra i fagotti, i panieri, i secchi, si allogavano le donne con i bambini più piccoli in collo; ma i più grandi venivano dietro a piedi, con gli occhi smarriti come quelli dei buoi che tiravano i loro carri. Che si saranno detti, incontrandosi, i buoi profughi, che partivano, con i buoi dell'interno che arrivavano?

Ad ogni paese c'era una sosta: e allora ognuno avrebbe voluto poter ritornare indietro, a riprendere ancora un oggetto, un animale, un altro po' della casa abbandonata. Trovavano subito chi provvedeva ai loro bisogni più urgenti, chi li consolava dicendo che nell'interno avrebbero avuto protezione, ristoro, calma. Ma era una tristezza muta che non si riusciva a rincorare. Anche i bambini stavano zitti: restavano lì dove li mettevano, fermi, svogliati. I buoi soltanto mugghiavano lamentosamente; ma chi può dar retta al lamento di un bue tra lo scalpitìo di tanti cavalli, il rotolìo di tanti autocarri?

Più fortunati si reputavano coloro che riuscivano a non farsi internare, a restarsene nei paesi vicini, da qualche parente che ci avessero, magari senza aiuti, pur di non andar lontano. Parecchi si allogarono in un cinematografo, e nei cortili vicini passavano le loro giornate da zingari, a farsi un po' di polenta, a vivere della carità che i soldati facevano loro. Tutte le donne avrebbero voluto diventar le lavandaie dei soldati: tutti i ragazzi i loro presta servizi.

Ma poi? Per far la guerra non ci vuole confusione, e anche dai paesi un po' più discosti dalle trincee si sono dovuti sgombrare i profughi ammassatisi nel primo momento. E se ne sono empiti dei lunghi treni e si sono mandati indietro, una squadra per ogni città, dove per tutti era pronto un ricovero, del cibo e della pietà. Bisogna sopratutto che trovino molta pietà affettuosa questi profughi, che hanno troppo sofferto per capire che si combatte anche per loro. Chi oggi farà qualche cosa per essi sarà compensato poi, a guerra finita, quando andrà a trovarli nei loro paesi riedificati, nelle loro case, un'altra volta sicure tra il verde chiaro della valle, tra il verde vivace dei colli.

L'ospite conoscerà campi prosperosi e case inghirlandate di tralci: aie ombrate di gelsi e di ontani, stalle piene di manzi e cortili pieni di ragazzi. E di codesta gente conoscerà il sincero carattere che non si può conoscere bene oggi che lo hanno amareggiato dalla guerra, dopo averlo avuto guasto dal governo austriaco. La pace rinnoverà il naturale buon umore del contadino friulano; ridesterà le «sagre» e i balli di tutte le domeniche, e poi—finiti i balli—al ritorno, sotto le stelle, le vecchie «villotte» paesane, così dolci anche quando dicono pensieri di malinconia:

'O ai butadis tanti lagrimis
di fa' côri un biel mulin,
il mio cor si distruzève
come l'ueli 'tal lumin.

ANIMALI DA CORTILE.

Ora lungo il basso Isonzo la guerra ha fatto il vuoto dei contadini e delle loro bestie. I buoi che hanno accompagnato i profughi fino a Cervignano, a Palma, a Cormons, se non hanno trovato da allogarsi in qualche stalla amica, sono stati venduti all'esercito e stanno anch'essi sacrificandosi, nel modo concesso al bue, per la patria: le vacche sono state requisite per gli ospedali da campo.

Ma tutti, proprio tutti, non sono spariti. Fino a Mossa, fino a San Martino di Quisca qualche contadino è riuscito a rimanerci, a coltivar le sue ortaglie fra le trincee. Se glie lo permettessero, ritornerebbero tutti a zappare la loro terra, nonostante il pericolo di sbarbare, insieme con le cipolle, le granate austriache che si sono interrate senza esplodere.

Insieme con qualche vacca, abbandonata da quelli che al nostro arrivo sono dovuti andare dall'altra parte, dietro i loro padroni austriaci, sono rimaste parecchie galline e qualche maiale disperso. Se noi fossimo Austriaci, li avremmo computati tra i prigionieri di guerra.

Galline e maiali stanno bene insieme, anche per temperamento. Hanno abitudini egualmente sudicie e pari l'avidità che le ingrassa. Ma in questa la gallina supera forse lo stesso maiale. Il motto latino dice che non si devono dare le perle ai porci, perchè non sono capaci di apprezzarle; sarebbe meglio dire che non si devono darle alle galline, che le ingoierebbero come pietre qualunque, stupidamente. Perchè è certo che per intelligenza il maiale è un genio in confronto della gallina.

La stupidità della gallina è portentosa. Guardando il mondo in due pezzi—quello che vede con l'occhio destro indipendente dall'occhio sinistro—non deve aver mai capito più di mezza cosa per volta. E soltanto in grazia della sua completa stupidità può alle volte parer perfino una bestia di coraggio. Una lucertola che la fissi un po' risolutamente basta a farla scappare: viceversa uno shrapnell che le rovescia sopra le sue novecentonovantanove pallette non la smuove: quando vede cascar roba dall'alto, crede sempre che sia becchime per lei. Come tutti gli sciocchi, anche la gallina ha la sua dose di presunzione.

Ne ho viste insinuarsi tra i cannoni di una batteria in azione: si rincorrevano tra i serventi dei pezzi, beccavano nelle orme che le suola dei soldati lasciavano nella terra fangosa. I grossi proiettili giallastri, che gli artiglieri portavano correndo dai cassoni ai cannoni, li dovevano prender per zucche. La loro incapacità assoluta di intuire che si stava facendo qualche cosa di molto serio, e che soltanto la serietà della cosa impediva ai soldati di allungare la mano per tirar loro il collo, faceva dispetto.

Altre due, in un paese semidistrutto, si erano appollaiate sul campanile rimasto, non si sa come, in piedi. Una pattuglia dei nostri soldati, arrampicatasi fino sulla cella campanaria, sentì starnazzare in alto, sopra un palco morto. I soldati avevano imbracciato i moschetti per sparare, quando si accorsero che i supposti tiratori austriaci erano delle galline. Furono fatte prigioniere lo stesso. E con buon diritto di guerra; perchè certo, se gli osservatori nemici avessero scorto muoversi nella cella del campanile delle penne di gallo, avrebbero giurato che erano bersaglieri in vedetta, e tutti i campanili isontini sarebbero caduti vittime della doppia stupidità, dei polli e degli Austriaci.

Vero è che i bersaglieri considerano un dovere speciale del loro corpo quello di evitare i possibili equivoci tra le animose piume dei loro cappelli e quelle dei polli vagolanti. Sono impareggiabili cacciatori di galli e di galline senza padrone. Ritornando da un servizio alcuni ciclisti bersaglieri ne scorsero tre o quattro oltre la siepe, nel campo: lasciate le biciclette, via di corsa dietro le galline che con grandi strilli correvano ad infrascarsi. In quel punto il nemico, che aveva visto del movimento, aprì il fuoco, il suo solito fuoco di molestia: qualche shrapnell e una granata, qualche granata e uno shrapnell.

Il graduato rimasto sulla strada gridava ai suoi bersaglieri che ritornassero a inforcar le biciclette per uscire dalla zona battuta. Ma che! I bersaglieri, allegri come ragazzi a caccia di farfalle, rispondevano che li lasciasse fare ancora un momento. E soltanto quando, dopo una bella corsa in lungo e in largo per il campo, ebbero afferrate le fuggitive, ritornavano sulla strada per rimontare in sella. Alle granate che arrivavano rifacevano il verso, miagolando come gatti arrabbiati.

Destino analogo è toccato ai suini erranti per i paesi vuoti. Il porco, checchè si dica, è un animale sensibile, e, nell'assenza dei padroni, tende a dimagrare. Trotterella di casa in casa, preoccupato, emettendo brevi grugniti lamentosi. Qualcuno diffida dei maiali dispersi: dicono di averne visti accostarsi per lurida fame, come un corvo o un sorcio, a bestie morte. Speriamo che non sia vero.

Forse per questo, in un paesello del Collio, completamente vuoto di abitanti, fu lasciato per diverso tempo padrone un grosso maiale dagli occhietti furbeschi. I soldati che ci bazzicavano gli avevano messo nome: il signor sindaco. Ma poi, per quella sua fissazione a voler rimanere in un paese sgomberato per ordine dell'autorità militare, si concepirono dei sospetti sui suoi sentimenti politici. Gli Austriaci dovevano averlo lasciato apposta perchè facesse la spia. E un giorno, mi dispiace doverlo confessare, ma senza nemmeno processarlo, fu destituito dalla carica e passato per le armi.

Ma quando fu ucciso, non fu chiamato nessuno a contemplarlo morto, come fece, a Nomény sulla Mosella, quel soldato tedesco che invitò la signora Bertrand a guardare den Schwein, il porco, che egli aveva sgozzato: ed era un povero vecchio di ottantasei anni ammazzato nella sua poltrona.

UN CUCULO.

La guerra che ammutolisce tante voci non ammutolisce i canti degli uccelli. Nè li scaccia dalla zona di fuoco, che le artiglierie a lunga portata allargano sempre più, se non proprio là dove l'incendio divorante il bosco li snidi. Certo non fanno più nido gli uccelli sulla cresta del Podgora che era, un anno fa, un bel bosco di robinie e oggi è una sassaia rossastra. Ma nei loro voli erranti, i passerotti si posano fin sugli orli delle trincee, per guardare curiosamente dentro.

Rondini no: se ne vedono pochissime: uccelli che fanno casa sulla casa dell'uomo, soffrono come uomini quando la casa è specialmente combattuta. Invece il campo e il bosco rimangono vasti e liberi anche dove gli eserciti li riempiono dei loro attendamenti e li scavano per i loro ricoveri. Per quanto la guerra d'oggi, pesante e macchinosa, giunga ad alterare l'aspetto non pur degli abitati ma del terreno stesso, gli uccelli non debbono impressionarsene quanto noi, animali senza volo, che raramente possiamo vedere le cose un po' dall'alto.

Rompan le mine e grandini la mitraglia! Non se ne fanno caso; ci sembrano abituati. Quante volte gli uccelli hanno sentito passarsi sopra l'uragano che decima il bosco, cadere il fulmine sull'albero che li proteggeva! Specie questi uccelli della val d'Isonzo, così spesso tormentata dai temporali e dal vento. Forse confondono tra le burrasche della natura e quelle dell'uomo. Come noi del resto che, alle volte, quando il cannoneggiamento e il temporale venivano insieme, finivamo col non distinguere i rombi. E nelle notti di estate, scorgendo i soffi rossi dei colpi lontani dietro i colli, tante volte credevamo a lampi di caldo.

Nemmeno gli uccelli però devono confondere quando il bombardamento rintrona nel sereno. Infatti, in guerra come in pace, quando il temporale vien dalla natura, con i nembi e la pioggia, essi tacciono; invece durante le tempeste dell'artiglieria si scostano, ma rimangono a vedere, magari cantando, se ne hanno voglia. La loro posizione rispetto alla battaglia è quella dei comandanti che la seguono dagli osservatori: per lo meno fuori dal tiro della fucileria; questa assomiglia troppo—devono pensare gli uccelli—alla molestissima petulanza dei cacciatori.

Ma al cannone sembrano presto abituati: i sibili delle traiettorie non sono gran cosa per chi non pensi a quello che vien dopo il sibilo; anche un bombardamento generale e continuo finisce con lo stancare i nervi in modo che, dopo un certo tempo, non se ne raccoglie che una vibrazione unica, piuttosto dentro di noi, nel cervello, che fuori. Ci se ne accorge bene soltanto quando è smesso: ma ci sono giorni e notti che non smette mai, e i soldati che sono in riposo dormono lo stesso e gli uccelli continuano a cantare, al solito se ne hanno voglia.

Ne doveva avere gran voglia quel cuculo che, un giorno di giugno, insisteva a ripetere le sue due note interrogative da un boschetto del Collio, mentre noi da una collina seguivamo quell'insieme di segni e di rumori che è, vista da una certa distanza, un'azione di guerra. Faceva cucù agli Austriaci che nel suo boschetto non rimetteranno più piede, o lodava, come nei tempi di pace, la piena primavera della bella valle?

Anche per noi, sbucati dalle frasche del bosco al margine aperto del colle, lo spettacolo del paesaggio vinceva quello della guerra. Lo godevamo come in una scampagnata, prima tutto insieme e poi pezzo per pezzo.

A destra, il piano che si perdeva con il suo fiume nella luce verso il mare: oltre, la linea nuda del Carso che dallo sprone di Sagrado saliva avvicinandosi fino alle groppe schiacciate del San Michele, e si allontanava lungo il Vipacco invisibile, verso le Porte di ferro azzurre, lontane. Ma era anche più bello, di una grazia pastorale e boschereccia, alla nostra sinistra, nell'ondulamento plastico dei colli scendenti dal Corada, appoggiati alla diga calcarea del Sabotino, ai terrazzi alpestri di Ternova.

Così bello e così strano. Perchè proprio quei colli, freschi e ombrosi, che con l'ultima propaggine ci nascondevano Gorizia, dovevano dare i propri nomi alla gloria funebre della battaglia: Oslavia, Peuma, il Podgora, il Calvario? Possibile che nei valloncelli, profumati d'erbe aromatiche, fioriti di orchidee silvestri, si nascondessero le batterie? Che i prati fossero scavati di trincee? Che dietro quella collina ci fosse Gorizia piena di soldati austriaci, di cannoni fabbricati in Germania?

Aguzzando gli occhi si distinguevano sì e no i solchi rossastri che zebravano il Sabotino, i tagli recisi che indicavano le abbattute del Podgora. L'occhio si sperdeva nell'armonia delle linee e delle luci, l'anima respirava la dolcezza pensosa della campagna in fiore. E il cuculo, invisibile, richiamava con le due note di flauto verso un miraggio di pace.

Ma a poco per volta ci si convince che davanti a noi è la battaglia, proprio la battaglia. Sotto il Calvario c'è fumo giallastro fra il verde; è Lucinico che brucia. Fumate nere si posano, una dietro l'altra, a ventaglio, sul Calvario; se ne sentono i tonfi sordi: sono i nostri cannoni che tirano a sconvolgere i ripari nemici. Gli Austriaci da questa parte non pare che voglian rispondere. Invece tutto a un tratto piovono granate verso Sagrado, proprio sul fiume, tutte nello stesso punto: pare che minaccino il ponte. Altre arrivano più in qua, verso il piano, chi sa, verso Mariano. Un nostro areoplano vola sui fianchi del San Michele: gli scoppiano intorno gli shrapnells gialli e rossi degli austriaci; di alcuni più bassi si distinguono, al momento dello scoppio, i lampi. Anche verso Savogna e Merna tirano le nostre batterie. Se ne sentono i colpi metallici in partenza. Davanti la nostra collina si è alzato un drachen-ballon, lucente come un pesce, al sole. Si pensa che gli potrebbero tirare e che noi siamo sulla linea di tiro, ottimamente collocati per i colpi lunghi. Ma non ci pensa il cuculo che continua a cantare dalle parti di Cerovo, ora che alcuni shrapnells nemici fermano i loro fiocchi sopra Cerovo Alto.

Non si scorgono che fiammate brevi, che fumate lunghe, qua e là, sulla lunga linea: le forze che le provocano restano invisibili. Invisibili anche le nostre fanterie, che pure non sono lontane, mentre stringono il Podgora. È qui che l'azione si concentra: scoppietta la fucileria, prima a folate sparse, poi tutte insieme, come una pioggia dura. Ed ogni tanto un rumore secco come un giro di manovella a un macinino arrugginito: le mitragliatrici.

Ora tutta la falda del Podgora è battuta dalle nuvole livide degli shrapnells nemici; contro le nostre fanterie che avanzano? Dunque avanzano. E perchè non succede nulla al Sabotino? Perchè invece quei due colpi grossi sopra il San Michele? E quel pennacchio nero che sembra uscire dal suolo nella sella di San Martino? Ma tirano anche verso di noi: le solite nuvolette bicolori si aggiustano sopra il drachen. In questa vastità di cielo non sembra possibile che facciano male. Paiono prove di uno spettacolo pirotecnico fuori d'ora. L'odor della polvere? Ma qui non c'è che odor di terra silvestre e di fieno. E il cuculo se la deve godere, indifferente come un poeta d'Arcadia; ma più coraggioso, bisogna convenirne.

Ora, mentre il giorno declina, le sue due note che ritornano in ogni pausa di cannonate hanno preso un'inflessione di malinconia. Non schernisce più gli Austriaci per i colpi mancati; piange i nostri che sono morti mentre lui cantava senza guardare e noi guardavamo senza vedere. Nè lui nè noi, in fin dei conti, abbiamo capito bene di assistere a una battaglia.

SELVAGGINA FORTUNATA.

Un'idea che devono essersi fatta della guerra gli uccelli del Collio può essere anche questa: che la guerra è per gli uccelli un periodo di pace. Si tira dappertutto ma nessuno tira a loro.

La legge che vieta la caccia in tutta la zona di guerra men che meno è violabile in presenza del nemico. Gli Austriaci non devono dire che li scambiamo per lepri: le lepri qualche volta escono dai loro covi; gli Austriaci no: per prenderli bisogna entrare nelle loro tane.

Tuttavia si può ammettere che qualche volta il divieto possa essere stato violato. Il divieto è mosso sopra tutto dall'intento di evitare i colpi d'arma da fuoco che possono far nascere inutili confusioni. Ma i lacci e le panie sono silenziosi. Così, in gran silenzio, qualche polenta sarà stata mangiata con il suo classico complemento di uccelletti; qualche lepre, come in pace, può essere morta anche in guerra in salmì. In tale occasione un ufficiale giustamente scrupoloso rimproverò il cuoco e rammentò che lepri era proibito ammazzarne; i commensali convennero con lui, ma gli fecero notare che non lo avevano invitato ad ammazzarla, ma soltanto a mangiarla.

Il fatto è che, in grazia a quel divieto, nonostante le possibili eccezioni, le lepri hanno prosperato e si sono moltiplicate tra le file, si può dire, dei combattenti. Il Collio del resto non ne era mai povero: quasi tutto il terreno che noi battiamo era anche prima terreno di bandita: c'erano vivai di selvaggina appositamente curati. Ma ora, come nei tempi idillici in cui l'uomo viveva in pace con gli altri animali e gli altri animali tra loro, le lepri si sentono anche meno insidiate ed escono con audacia nuova dai loro nascondigli.

Un antico scrittore greco assicurava che, nelle notti di luna, le lepri, ammaliate da quella luce, uscivano nelle radure del bosco e danzavano: chi sa che le Fate e le Ninfe, di cui la fantasia antica sognò le farandole notturne sotto le querci, non fossero in realtà delle lepri? Certo è che oggi le lepri appariscono veramente a ballare davanti i fari delle automobili. Nel cono di luce mobile che esplora le strade della guerra balza improvvisa una figurina animalesca; somiglia a una di quelle ombre animate che si proiettano con un giuoco delle dita sul muro. Corre a capriole spaventate e ridicole davanti alla macchina, ma pare non possa più uscire dal fascio di luce che l'attrae: è una lepre che ha come un'anima di falena. Si aumenta di velocità: la ruota davanti sta per investirla; un'ultima capriola e il burattino animale sparisce nel buio.

Ma anche di giorno l'automobilista, se è anche cacciatore, vede volare molte ragioni di desiderio e di rimpianto: accanto alle siepi gli frullano i cotorni, gli tagliano la strada i voli delle gazze bianche e nere. L'uccellame minuto saltella e garrisce in tutti i boschetti: al tramonto gli stornelli empiono di ilari strida i platani sulle piazzole dei villaggi. A principio dell'autunno passano in alto le falangi delle oche selvatiche.

L'abbondanza di selvaggina dà a tali campagne come un carattere di altri secoli, quando i campi, più che al sostentamento degli agricoltori, provvedevano alle delizie dei nobili cacciatori, e il diritto di caccia era riservato ai signori. Anche in questo l'Austria è riuscita a mantenersi feudale: mantenendo colture e norme che conservino selvaggina abbondante ai suoi feudatari. È tutto un paese di feudatari questo che battiamo con la nostra guerra, sul medio e basso Isonzo: i borghi del Collio: Dobra, Bigliana, Vipulzano, San Floriano prendono i nomi dai castelli feudali oggi o distrutti o ridotti a più comode foggie di ville, nelle quali fino a ieri dimoravano, con animo di feudatari male inciviliti a godersi il bel sole italiano, generali austriaci in pensione, nobilucci fedeli all'Austria.

Non ci sono più e non ci torneranno. Ma come le loro ville sono sicure in mano nostra, così i loro parchi e le loro riserve da caccia. Al Bosc, sopra Capriva, i fagiani continuano a vivere in pace la loro vita elegante di galline di alto bordo. Se qualche colpo di obice è arrivato a sfrondare le loro macchie, non se ne dolgano con gli artiglieri austriaci; non miravano mica a loro, aristocratici gallinacei di covata austriaca; miravano invece ad un ospedaletto da campo, italiano, lì vicino.

Neppure le nostre artiglierie si sono proposte di disturbare i caprioli quando hanno tirato oltre Gorizia, sul parco di Panoviz. Hanno semplicemente risposto alle artiglierie nemiche che tirano dai giardini pubblici di Gorizia, divenuti fortezze. Poveri caprioli, così graziosi e mansueti, quando si affacciavano a guardare stupiti dal margine del bosco, sulla strada che per Val di Rose va ad Aisovizza! Così dolci nel ricordo anche quei colli d'oltre Isonzo, San Marco, i Rafut, Monte Corona, fraterni a questi che teniamo sulla destra del fiume, tutti figli ridenti dell'unica madre Alpe Giulia!

Anche là oltre frondeggiano recessi di poesia pastorale, e i caprioli domestici vi si aggiravano, eleganti come gazzelle. Ma oggi dove saranno? Tutti quei luoghi di delizia sono labirinti di trincee austriache: è lì che hanno preparato le loro difese di seconda linea i nemici, ben sicuri di dover presto abbandonare le prime. E dietro ce ne sono altre e altre ancora, su per la Valle del Vipacco, sino a Monte Re. Non si può negare che alla loro ritirata gli Austriaci non abbiano pensato per tempo.

I caprioli—quelli che non saranno finiti alle mense del generale Boroevic—a quest'ora devono essere scappati lontani. Nei boschi di Plava una notte una nostra sentinella dette l'allarme: dalle trincee nemiche doveva essere uscito qualcuno, che frusciava nel fogliame. In fatti, a salti disperati, si vide entrare nelle nostre linee un disertore austriaco inconsueto: un capriolo.

Erano tutti luoghi di diletto per l'Austria queste provincie italiane che i nostri soldati le stanno faticosamente strappando; si capisce che se le difenda con le unghie e con i denti. Senza le provincie italiane, l'Austria rimarrà più povera; ma anche più brutta. Oltre questi monti c'è ancora bellezza di natura; ci sono valli amene, boschi, campi, giardini. Ma sono diversi: li attrista un non so che di aspro e di freddo; nei versanti settentrionali delle Alpi la natura più ricca sembra nascondere una segreta povertà.

Qui, intorno a Gorizia, nelle ville meriggianti tra boschetti di tutti gli alberi e giardini di tutti i fiori, le stirpi ultramontane stanno perdendo un troppo comodo soggiorno altrui. La guerra, che sul Carso non ha avuto da vuotare che pochi villaggi, più poveri dei macigni tra cui si nascondono, qui divampa tra dimore di delizie. E pare anche più tragica nel contrasto.

Quando per caso il cannone tace, pronta ci sorprende l'illusione che qui la guerra non possa esserci: che anche noi ci siamo venuti per tutt'altra ragione, a fare qualche altra cosa.

Che poteva esserci in quel plico suggellato che di notte ho portato ad una villa tutta avvolta di fronde? Un ordine di operazioni, una cosa molto seria; una sentenza di morte per qualcuno che deve eseguirlo; un messaggio di dolore per molta gente che non ne saprà mai nulla. Pareva così strano di averlo a portare proprio in quella villa felice; scendere a quel ricco cancello, far stridere la ghiaia fina di quel giardino, aspirare quel profumo di gelsomini. Quanti ce ne dovevano essere in fiore nelle dense spalliere che si intravedevano nel buio! I carabinieri montavano la guardia in un berceau—da queste parti lo chiamano gloriette—di gelsomini.

Un piantone ci guida in silenzio ad una sala che si indovina lussuosa, fatta per i piacevoli convegni di gente ricca e fastosa. Si consegna il plico a un ufficiale di servizio; un saluto e si scende, rapidi e silenziosi, uno scalone di gala: e si ripensa che quell'ordine—letto—si sta suddividendo in altri ordini che già corrono per fili invisibili ad altri uomini che ascoltano gravi e per quelle parole ascoltate si preparano a morire. La guerra sembra anche più straordinaria in questi parchi che in sogno rivedono le luminarie spente, riodono le musiche taciute di notti festanti. Possibile che da un momento all'altro arrivi fin qui un sibilo, e uno schianto feroce ne deformi l'architettura signorile?

Un'altra volta scricchiola la ghiaia fina sotto i nostri stivali pesanti: e, nel silenzio profumato dei gelsomini misteriosi, strillano improvvise le strida rauche dei pavoni. Domani battaglia. Che ne pensano i pavoni belli, vani e stupidi come galline?

TRASFIGURAZIONI.

Dice il Corano: «Non vi è specie di bestia sulla terra nè di uccello che voli con le sue ali che non sia un popolo simile a voi». E i pesci? Che il profeta li abbia ritenuti troppo dissimili da tutti gli altri animali, troppo freddi e troppo voraci, per essere aggregati alla ideale comunità dell'universa vita vivente?

Gli Austriaci proprio nei pesci credono di aver finalmente trovato il popolo che li somigli. E non mica soltanto nei pesci-cani.

Infatti, quando la Garibaldi affondò silurata nell'alto Adriatico, un giornale di Vienna espresse la soddisfazione austriaca con questo pensiero delicato: «Quest'altro anno speriamo di mangiar grasso il pesce dell'Adriatico; noi gli procuriamo buon nutrimento di marinari italiani».

Fortuna che i pesci dell'Adriatico non leggono i giornali di Vienna.

No, quel mare non è stato mai propizio alle fantasie dei pirati affamati. I nostri morti non vi giacciono preda alla voracità dei pesci: nei fondi glauchi del nostro mare c'è pietà e gloria per tutti i morti degni di gloria o anche soltanto di pietà. Avvengono laggiù incanti e trasfigurazioni, come quella con cui il buon silfo Ariele consolava Ferdinando dopo il naufragio in cui suo padre era scomparso:

«Egli giace molte braccia in fondo: le sue ossa sono diventate coralli: sono perle quelli che furono i suoi occhi. Niente di lui è sparito invano: ma la forza del mare lo ha trasfigurato in un miracolo prezioso».

E gli stessi pesci, voraci e, stupidi, non sono tutti stupidi e voraci come se li figura a sua immagine un giornalista viennese.

Io so di un povero pesce dell'Isonzo che fu cortese con un nostro povero soldato. Forse nella forma di quel pesce guizzava lo spirito delicato di una creatura divina, una Naiade d'Italia, ma la sua apparenza non era che quella di un barbo, il barbus plebeius dei naturalisti.

Mentre nuotava fra due acque, sotto Gorizia, il pesce vide venire a sè una forma umana, goffa e pietosa. Era il cadavere di un soldato italiano, ucciso verso Tolmino, ad Aiba, tentando con pochi altri di traghettare l'Isonzo sotto il tiro incrociato degli Austriaci. Era un volontario ed in guerra era venuto con un'idea soltanto: vedere Trieste.

Nato in Sicilia, non era mai uscito dalla sua isola: di Trieste non sapeva che il nome, ma il solo nome della città lontana gli aveva suscitato in cuore un'idea favolosa ed appassionata. Per lui, se l'Austria non rendeva Trieste all'Italia, era perchè Trieste non era una città come tutte le città, anche le più belle, anche Palermo: doveva essere qualche cosa di assai diverso e di più. Come se la figurasse, naturalmente non sapeva dirlo nemmeno a sè stesso: appunto per vederla come era, soltanto per questo, era andato volontario a prender Trieste. E andandoci, di una cosa era certo: che, quando l'avesse vista, ci fosse arrivato anche un momento, non gli sarebbe più importato morire.

Strada facendo, via via che si avvicinava al confine, il miraggio si era fatto sempre più attraente. La sua Sicilia gli svaniva rapidamente dal pensiero. Non sentiva, come i suoi compagni, la nostalgia di chi si allontana da casa, ma l'ansia di chi si avvicina ritornando. Gli pareva proprio di tornarci a Trieste, lui che non c'era mai stato.

E un giorno, che il suo battaglione in marcia sostò sul Corada e il suo capitano gli indicò laggiù laggiù, oltre la gola di Salcano, nella caligine dell'orizzonte libero, una sfumatura più chiara e gli disse che quello era il mar di Trieste e che quella era la costa di Trieste, il volontario siciliano provò una tal gioia che gli venne da ridere e da piangere al tempo stesso.

Aveva sentito dire che da Monfalcone e da Gorizia non si poteva passare; non dubitò che la strada buona fosse quella dei monti a cui era arrivato il suo reggimento. Trovatala, si sentiva di poterci arrivare per di là, lui e i suoi compagni, come nulla. Non poteva capacitarsi che, prima, bisognava aver vinto tutta la guerra, perchè le difese austriache di Trieste erano già quelle posizioni in cui il nemico si asserragliava davanti a lui, subito oltre il fiume fluente glauco ai suoi piedi.

Perciò, quando venne al suo reggimento l'ordine di tentare anche lì il passaggio dell'Isonzo, gli parve l'ordine più naturale e più facile. Si offrì e fu chiamato a passare uno dei primi in un barchetto. Fu colpito mentre metteva piede sull'altra riva e cadde morto nel fondo del fiume.

Soltanto sotto Salcano, alle porte di Gorizia, risalì a galla. E con il morto risalì la sua anima, che pareva non potesse staccarsene, mentre la corrente lo spingeva da un ponte all'altro verso la foce. Il povero morto nulla sentiva più, ma l'anima vicina sentiva e soffriva ancora per lui: rabbrividiva a ogni contatto, temeva nuove offese al compagno che non poteva più difendersi: tronchi d'alberi, rottami d'armi, mine galleggianti, altri cadaveri scendevano con loro per la corrente.

L'anima era ancora smarrita tra la vita di prima e quella di poi: cercava la via del suo destino eterno. Ma prima di spiccare il volo, un dovere la soffermava: comporre il compagno morto in riposo tranquillo; ci doveva essere a qualche svolto del fiume una cavità riparata dove lasciarlo sicuro almeno dalla voracità dei pesci. E un'altra volontà ancora l'anima conservava dal momento che il colpo mortale l'aveva staccata dal corpo: la volontà stessa che aveva condotto il volontario a morire lassù: vederla, finalmente, la città per cui era morto.

Ma come arrivarci, ora che la corrente inesorabile lo spingeva da una sponda all'altra, per fermarlo forse nella fanghiglia di un canneto? Già il fiume, scendendo, mutava aspetto: le rive non erano più cigli sassosi ma argini bassi; il letto si allargava tra greti di fango e di ghiaia.

Fu qui che il barbo dell'Isonzo si mise a nuotare di conserva con il soldato morto che l'anima staccata non aveva più forza di governare; nemmeno di scostarlo dal pesce in cui sospettava qualche mala intenzione. Ma il pesce muto l'assicurava. Aveva compreso il segreto desiderio dell'anima e, per aiutarla, prese esso il governo del funebre corteo fluviale; con la forza miracolosa di una creatura incantata lo guidò fuor degli incagli per una via che esso sapeva.

Erano arrivati alla confluenza del Vipacco. Fucilate disperse sbattevano ogni tanto sul pelo delle acque: in alto filavano ronzii di obici: le sponde del fiume rintronavano di tonfi sordi. Il corteo del morto e della sua anima deviò dietro il pesce esperto dei luoghi; presto l'anima si accorse, fra rive più anguste, di rimontare una corrente: dapprima era un'acqua torba piena di detriti, ma poi limpida come di ruscello alpestre, mentre intorno diminuiva il rombo tormentoso delle cannonate. Passarono sotto mulini fermi, in acque sempre più nitide, fino a un gorgo profondo in cui si immersero lungamente. Era quella la tomba smeraldina destinata al soldato morto prima di vedere Trieste?

Quando ne uscì, l'anima non vide più la luce dell'aria e l'azzurro del cielo, ma sopra di sè l'arco di una vasta grotta che una luce debole ma diffusa rischiarava lievemente di riflessi opalini: le acque su cui navigava erano cupe, striate da guizzi di argento.

Il barbo non c'era più; invece guida era un sottile natante roseo e trasparente; così trasparente che ogni tanto, contro la poca luce, se ne distingueva, sotto le carni diafane, il cuore pulsante. Il pesce era divenuto uno spettro di pesce: un proteo. Ed anche il corpo del morto era divenuto laggiù un'altra cosa. La forma umana si era riplasmata in una sostanza medusea; il volto serenato aveva preso un pallore ialino su cui la fosforescenza delle grotte accendeva erranti fuochi di opale. Il morto e la sua anima vagavano nelle grotte del Carso, in quelle profondissime, inesplorate e inesplorabili, dove il travaglio delle acque e delle Fate ricompone in gemme splendenti i detriti opachi del mondo.

Nel silenzio della tomba incantata scivolavano senza gorgogli le acque lisce dei fiumi ciechi; laggiù erano le polle secrete che, pullulando in alto, nelle grotte note anche ai geologi, fanno crescere misteriosamente le fiumane del Timavo e della Piuca.

Vennero a una sponda declive contro cui il corpo del morto si fermò dolcemente. Anche il proteo era sparito. Una albasia verdina schiariva appena il luogo: ma il bagliore fioco rivelava tutto intorno una pomposa architettura di diaspri, di malachiti, di ametiste: occhi di rubino accendevano gocce vive nell'ombra degli archi senza fine. Era un tempio di colonne portentose che salivano nel buio verso una vôlta invisibile. Mai alcun imperatore ebbe tomba così profonda e così ricca. Qui l'anima si staccò dal suo compagno con un ultimo addio e salì per il buio, lieve, lungo le colonne, in alto.

Quanto durò quell'ascensione di farfalla notturna? Già per un pozzo aperto scorgeva sopra di sè il cielo di un turchino cupo. Ormai non aveva più bisogno di chi la conducesse; il cielo stesso la aspirava lentamente fuori della cavità sotterranea.

Quando fu sull'orlo del pozzo, per un istante ancora sulla superficie della terra, volse intorno un ultimo sguardo. Sotto la balza dell'altipiano una città chiara si stendeva lungo un mare pallido. Era l'alba e la città non aveva voci: pareva addormentata in un sonno pesante da cui non potesse sciogliersi: le sue piazze quadre erano come vuotate da un incantesimo che vi avesse sospeso la vita. L'anima, trasvolando, pregò Dio che rendesse presto alla città assopita nel dolore la gioia del risveglio nei mattini pieni di luce e di opere.

La salma del volontario siciliano, composta negli ipogei del Carso, ebbe un sussulto di gioia poichè la sua anima aveva veduto Trieste, proprio sopra la sua tomba, ricca e profonda come nessuna tomba imperiale.

PICCIONI SOSPETTI.

Rientriamo nelle nostre linee.

Quella di passare, in guerra, dalle linee di un esercito dentro quelle dell'altro non è impresa facile. Nemmeno per chi avesse la turpe intenzione di disertare: alla partenza facilmente lo arriva la schioppettata nella schiena di chi lo ha visto partire; prima dell'arrivo gli può venire incontro quella del nemico che non sa con quali intenti il disertore venga a lui.

Se dalle file nemiche filtrano ogni tanto nelle nostre i disertori austriaci, bisogna pur credere che la vita sia tra loro meno sopportabile della morte. Ce ne sono stati di quelli che, per uscire da codesto inferno, di notte si sono buttati nelle acque gelide dell'Isonzo, e, passatolo a nuoto, hanno atteso l'alba appiattati nei canneti, per venire ai nostri avamposti a rendersi prigionieri, zuppi e congelati.

Chi sa quanti soldati austriaci si dolgono amaramente di non avere imparato a nuotare! E quanti altri, chiusi nelle gabbie fortificate delle loro trincee, canticchiano rabbiosamente la vecchia canzoncina:

Se fossi un uccellino e avessi l'ale....

Se avessero le ali molti non mancherebbero di spiegarle per fare un bel volo verso le gabbie che li attendono in Italia, attraenti gabbie a cui non manca il becchime. Alcuni prigionieri austriaci hanno avuto perfino l'onore di essere allogati in quella che fu la prigione del più grande imperatore latino: la villa di Napoleone, nell'Elba solatia e pensosa.

Non credo però che, prendendo forma di uccelli, i disertori dell'Austria vorrebbero prender quella del piccione. Tra i volatili, in guerra, il piccione naturalmente è il più sospetto. Iniquo destino, a cui non pensava dovessero soggiacere i suoi discendenti la colomba che portò a Noè il ramicello di olivo, segno di conciliazione e di pace. Oggi tra i combattenti la comparsa di un piccione è interpretata in tutt'altro modo. Tutti i colombi, i più candidi di dentro e di fuori, portano la pena di una loro famiglia giustamente diffidata: qualunque colombo, in guerra, è fortemente sospetto di essere viaggiatore. E non è il tempo più propizio per viaggiare tra frontiere nemiche in tempo di guerra.

Trattandosi di piccioni, non è il caso di interrogarli, e magari convincersi che le loro intenzioni erano pure. E poi non bastano nemmeno le intenzioni: per viaggiare in zona di guerra ci vogliono dei passaporti molto autentici. I piccioni, che non li hanno, cadono sotto la sanzione dei bandi che regolano la circolazione nei paesi guerreggiati: la pena più leggera che può toccar loro è quella di essere internati. E per lo più si internano in qualche cucina in cui subiscono le estreme conseguenze della loro imprudenza. In tal caso non riman loro che la speranza di esercitare una postuma rappresaglia opponendo ai denti dei commensali una resistenza tenace.

Vittime innocenti talvolta. Ma come si fa? Lo spionaggio è un'arte in cui i nostri nemici sono tutti grandi artisti. Anche in tempo di pace qualunque viaggiatore tedesco o austriaco era sempre un po' piccione viaggiatore. Ora anche il giusto, se c'è, può pagarla per il colpevole. Vuol dire che, in seguito, chi vorrà non essere mai sospetto, si guarderà dal nascer tedesco, o, nascendo tedesco, non escirà più dalla sua colombaia.

Sospetti che salterebbero nell'occhio anche della polizia più distratta. Come si fa a spiegarsi che in una casa occupata da un comando militare un bel giorno appaiano, ospiti nuovi, una o due dozzine di piccioni sconosciuti? In quella casa può esserci rimasto ancora il casiere del padrone di prima, un austriaco della più bell'acqua. Mettiamo che il vecchio casiere non abbia nessuna intenzione di attaccare agli zampetti dei piccioni alcun messaggio furtivo. Tanto meglio: così, facendo sparire i piccioni appena arrivati, si evitano anche al buon vecchio Johann o Franzele i disturbi che legalmente gli potrebbero toccare.

Tanto, i piccioni corrono il pericolo di fare la stessa fine anche ritornando nelle linee austriache. L'aneddoto è vero, e avvenuto qualche anno fa, quando l'esercito e la marina dell'Austria si preparavano a dare all'Italia quello che oggi ricevono. Un tenente di vascello, aveva avuto la missione di uscire con una torpediniera da Sebenico, navigare verso Ancona e di qui dare il volo ai piccioni viaggiatori che teneva in gabbia. Senonchè codesto tenente aveva delle ragioni sue particolari per amar poco lo Stato che serviva, e d'accordo con i marinai, che erano Dalmati, quando era uscito dalle isole si fermava lì e, tolti i piccioni dalle gabbie, li passava al cuoco che ne componeva per l'equipaggio un eccellente risotto. Da Sebenico il comando si meravigliava di veder ritornare troppo pochi piccioni: l'ufficiale rassicurava i suoi superiori spiegando loro che nelle acque di Ancona c'erano di gran falchi marini....

Pur troppo il piccione per tradizione è animale messaggero: e pochi proverbi sono falsi come quello che il messaggero non porti pena.

D'altra parte, se il sospetto è in guerra sempre legittimo, la giustizia e il buon senso anche in guerra valgono a dileguarlo. Il sospetto che non vuol ragionare è indizio di cattiva coscienza. Erano i Tedeschi che, invadendo il Belgio, se trovavano danneggiata una linea telefonica, fucilavano i borghesi trovati vicini «fossero colpevoli o no», come stampava il maresciallo von der Goltz nel suo proclama del 5 ottobre 1914 a Bruxelles....

Noi, se abbiamo potuto lì per lì prendere qualche equivoco, siamo stati felici di riconoscerlo pubblicamente.

Sui primissimi giorni della guerra, un reparto dei nostri soldati entrava in un paese abbandonato dal nemico. Poco dopo, proprio sulla piazzola dove i soldati si erano fermati, arrivarono alcune granate. Contemporaneamente, da una finestra che guardava verso le linee nemiche, qualche soldato aveva creduto di scorgere un telo bianco che si agitava, come segnalando. C'era infatti, attaccata ad un ramo d'albero, una specie di bandiera bianca. I soldati salirono nella casa e sorpresero una donna proprio dietro la finestra da cui si agitava il telo. La arrestarono. Pochi giorni dopo le fu fatto il processo. La donna, una bella figura di popolana intelligente, si difese con quella sicurezza che solo può dare una coscienza tranquilla. Fece osservare la bandiera incriminata; in alto, dove il telo bianco era annodato al ramo che gli faceva da asta, c'erano legati due straccetti di colore, poco più che due nastri, l'uno rosso e l'altro verde, o quasi. Con i ritagli che aveva trovato nel suo cassettone di contadina, lei s'era ingegnata di fare qualche cosa che avrebbe inteso di essere un tricolore italiano. Era vero: ora, sventolata nell'aula del tribunale, veramente un'intenzione di bandiera si riconosceva in quella combinazione d'un ramo di gelso, di un lenzuolo e di due fazzoletti di colore: la innocente aveva vinta la causa.

Non solo fu assolta, ma poi i giudici militari, l'avvocato fiscale, gli ufficiali presenti si fecero intorno a lei commossi, lodandola, consolandola. Quando si è condannato un reo si può uscire sereni, ma quando si è reso giustizia a un innocente si esce felici. E due volte felici da un tribunale di guerra, in territorio tolto al nemico.

Pur troppo c'è da temere che in avvenire non si potrà parlare mai più dell'innocenza della colomba. Colpa dei Tedeschi che hanno rovinato tante cose buone e anche tante oneste riputazioni, cominciando dalla loro. Ma perchè anche quella della colomba? Perchè chiamare Tauben, colombe, i loro aereoplani assassini?

Meno male quando li chiamano albatros, uccelli di tempesta; quantunque si è potuto osservare che tutti i loro velivoli, quando tira vento forte, poco si fidano di volare: siano Albatros, Etrich, Aviatik, o i cari Tauben. I quali tutti poi, all'ingrosso, visti da terra, presentano la medesima figura di uccellacci da rapina, falchi e non colombe. Caso mai, qualche volta, guardati contro la luce, quando nel virare si sbandano, mostrano luccicori da coleotteri: e anche il volo hanno rigido e ronzante come mostruosi cervi volanti. Ma se vogliamo paragonarli ad uccelli, per via dei piani che hanno piegati e smussati come ali, non v'è da uscire dalla famiglia dei falchi e dei gheppi. Ai quali somigliano veramente quando filano e incrociano minacciosi sui paesi, come uccelli di rapina sui pollai e i pulcini. Sono tristi e neri; debbono parere uccelli del malo augurio ai soldati del loro stesso campo. Certo anche gli Austriaci, quando vedono passare sulle loro linee gli aereoplani nostri, non debbono in cuor loro benedire chi ha inventato l'aviazione; ma devono riconoscere che, in sè, gli aereoplani italiani non sono lugubri come i loro. L'ala verde e l'ala rossa dei nostri apparecchi fanno pensare piuttosto a una grandiosa libellula meccanica; o più precisamente non fanno pensare ad altro se non ad un aereoplano che tiene ad essere ben visibile, che non vuoi lasciar dubbio sulla sua qualità di nemico quando vola sopra gli accampamenti nemici, e li osserva e li fotografa e fa tutto quello che deve fare un aereoplano in guerra.

Molte azioni di buona guerra può fare l'aereoplano esploratore, con vantaggio del suo esercito e suo proprio pericolo; dunque da guerriero e non da assassino. Quella di gettare a caso le sue bombe sulle piazze affollate è la più odiosa, ma anche la più facile; il bersaglio è il più largo e il solo che non si nasconda. Impresa non dissimile dalla cattiveria del ragazzo crudele che si diverte a buttar paglia accesa sopra uno stuolo di formiche intente al lavoro, per il gusto di vederle sbandarsi da tutte le parti. Ma nel moto del formicaio sbandato rimane sempre qualche formica che si divincola accanto a qualche compagna stecchita. E nella piazza, quando è dileguato il fumo della bomba scoppiata, anche il bombardiere austriaco deve scorgere dei punti neri che non si sono mossi, che non si moveranno più. È possibile che un giorno quel bombardiere racconti ai suoi figliuoli che questa è stata la sua parte in guerra: ammazzare dall'alto, quasi dal sicuro, dei borghesi, delle donne, dei ragazzi?

Ma egli sperava di ammazzare dei soldati, possibilmente degli ufficiali, dei comandanti, perchè la guerra che fa l'aereoplano—così pretendono gli Austriaci e i Tedeschi—è specialmente una guerra contro i comandi. Ragionamento simile a quello degli anarchici criminali che tirano una bomba nella folla, facendo finta di credere che volevano soltanto uccidere un sovrano o un ministro. Così ragionano e fanno Austriaci e Tedeschi che hanno fatto la guerra per vendicare—hanno detto—un loro principe assassinato da un anarchico serbo: ma Gabrilo Princip non sparò sulla folla: cercò le sue vittime sole e non fallì il segno.

L'aviatore tedesco e austriaco invece tira ai comandi sapendo di colpire qualcun altro; e più spesso non tira ai comandi, che non sa dove sono, ma sulle piazze dove vede che gente c'è.

Questa gente—si pensa—dovrebbe ripararsi quando compaiono i tristi mosconi della morte. Dovrebbe, ma spesso non lo fa. E si capisce che non lo faccia, perchè l'idea che veramente un uomo voglia in quel modo, a freddo e a casaccio, ammazzare qualcuno, chiunque, non un soldato nemico, è un'idea contro natura a cui gli uomini non riescono ad abituarsi. È troppo nuova nella sua ferocia. E la gente rimane, guarda curiosa: innocentemente sarebbe disposta ad ammirare l'uomo che vola, tranquillo fra i lampi degli shrapnells. Su codesta ingenuità ammirativa del nostro popolo per ogni forma di coraggio e su l'errore antico che coraggio significhi anche lealtà, devono contare gli aviatori nemici che tirano bombe sugli abitati. Tirando sono sicuri di non colpire nè stazioni, nè depositi, nè comandi, ma di ammazzare qualche innocente, sì. La maledizione li perseguita e fa che ogni loro colpo sia un assassinio più bestiale. Le loro vittime—è un destino che non sembra casuale—sono state per la maggior parte donne e fanciulli.

Io non potrò vedere mai più un Taube senza pensare alla strage di casa Donda. Su Cormons gli aereoplani austriaci venivano tutti i giorni più volte al giorno a spiare. La popolazione borghese non se ne faceva caso; chi era in casa ci rimaneva, chi era fuori restava fuori; le donne che prendevano acqua alla fontana di piazza alzavano appena la testa quando le batterie antiaeree ne segnavano l'arrivo con i loro colpi. Fra quei colpi, l'aereoplano non aveva voglia di trattenersi.

Così alla sfuggita qualche bomba l'aveva già tirata, ma verso la stazione o su qualche parco vicino; non aveva fatto che qualche buca in terra, qualche falciata nell'erba. Soltanto una volta con una scheggia aveva riferito un ferito che attendeva nel treno della Croce Rossa fermo. Quel mattino però l'aereoplano pareva più insistente; era passato e ripassato, tagliando il paese proprio in mezzo. Un momento ognuno lo vide al proprio zenit; era così basso che se ne distingueva il ronzio duro del motore. Mirava sulla piazza, facile mira. Si udì uno sfrigolìo, poi uno schianto e del fumo dietro il muro.

Aveva colpito sì questa volta, nel giardino di casa Donda. Le schegge erano saltate oltre il muro del giardino sulla casa dall'altra parte della strada, a cinquanta metri; una era entrata per una finestra senza far male a nessuno.

Nel giardino invece aveva colpito in pieno; sei uccisi di un colpo, schiantati come la granata che li aveva schiantati. C'era una mamma con i suoi due figliuoli e un nipote: c'erano un vecchio ed un carabiniere che si erano riparati sotto un platano frondoso. La bomba era precipitata tra i rami, stritolandoli; era scoppiata ai piedi dei sei raccolti lì: il loro sangue era schizzato lungo il tronco del platano come se la bomba fosse stata caricata a sangue.

Non volli veder altro: ma vidi correre gente impazzita, ma sentii urla—oh! non erano i colpiti che urlavano!—, ma ho sempre negli occhi un ragazzo, un cugino, che piangeva piangeva mentre un carabiniere lo teneva sotto braccio perchè non vedesse, non cadesse per terra. Furono portati lenzuoli e gettati su quella povera carne lacerata. La mamma ed i bambini erano tutta la famiglia di un uomo che in quel momento era fuori di paese: quando ritornò, i cadaveri erano stati portati via. Nel giardino dei suoi bambini non c'era che una buca piena di calce e calce sull'albero senza rami, e calce da per tutto, che non si vedesse tutto quel sangue.

La guerra è la guerra—ghigna un tedesco—e, stupido anche nella ferocia, chiama i suoi aereoplani colombe.

IL FALCO E LA COLOMBA.

Volerà ancora la colomba della Pace sulle case degli uomini degni di vivere in pace; ma per salvarla c'è da dare ancora al falco della guerra quanto sangue ci vorrà.

Così ammonisce l'antichissimo mito che la sapienza umana degli Indiani fermò nel canto universale del Mahâbârata.

Era il tempo che gli uomini e gli altri animali, non ancora dimentichi delle origini comuni, vivevano sulla terra, ospiti di uguale diritto, e parlavano insieme delle necessità comuni e della giustizia che ne equilibra i contrasti.

Il re Uçivara, savio e magnanimo, sedeva nel parco silenzioso quando una colomba gli volò in seno, con volo spaventato: la inseguiva un falco dal becco forte e dalla fronte bassa. La colomba chiuse le ali tremanti sulle ginocchia del re, implorando salvezza. Il falco infatti si fermò senza ghermirla, ma prima che il re lo avesse scacciato, cominciò a parlare: l'uccello da preda aveva anche una sua certa logica di bestia sofista e disse:

—Re Uçivara, io so che tu sei giusto e vuoi mantenere la tua fama di giusto. Ora, per pietà verso codesta colomba, commetti, un'azione di grande ingiustizia. Per non privare costei della vita, tu privi me del cibo che mi è destinato. Poichè è legge divina che i falchi mangino le colombe.

Rispose il Re:

—Ma è anche legge divina che chi implora salvezza la trovi sulle ginocchia del giusto.

Oppose il falco, ghignando negli occhi malvagi:

—La legge a cui m'appello è la legge della necessità. Necessità vuole che tutti gli animali viventi abbiano il loro cibo. È natura dei falchi procurarselo con la forza del volo e degli artigli che hanno infinitamente più robusti dei colombi. Tutti abbiamo diritto di vivere.

Il re Uçivara forse aveva voglia di rispondere che, nel caso speciale del falco, non ne vedeva la necessità; ma poichè, come i veri giusti, era propenso a riconoscere anche le ragioni dell'avversario, rimase un po' turbato da codesto argomento, che il falco, abile nei sofismi, rinforzò passando dall'aspro al flebile:

—Di certo, perchè lasciandomi morir di fame, non morirei soltanto io; resterebbero soli, senza cibo e senza difesa, mia moglie e i miei figli. Anch'io ho nella rupe una buona compagna che tien caldi i nostri cari falchetti. Io li amo come tu ami i tuoi figli. Perchè vuoi lasciarmi morire?

Il Re, pietoso, mentre accarezzava la colomba accoccolata sulle sue ginocchia, pensò di dover giustizia anche alla fame feroce del falco e dei suoi falchetti. Perciò gli venne un'idea:

—Hai ragione. Ma tu potresti mangiare anche un altro cibo. Io te ne darò, dimmi quale; lo avrai.

—E sia; accetto un compenso per il grave danno che mi fai. Ma, prima, devi giurare che mi darai del cibo che ti chiederò, qualunque sia. Giuri?

Il re Uçivara pensò che qualunque carne del suo celliere, di manzo o di lepre, avrebbe contentata la fame del rapace causidico, e giurò.

Allora il falco disse:

—O Uçivara, se vuoi tanto bene alla colomba, mettila sulla bilancia e taglia dal tuo proprio corpo un pezzo di carne che pesi quanto codesta colomba. Di quella carne io sarò contento.

Il Re aveva giurato: prese la colomba che teneva sulle sue ginocchia, e la depose sopra un piatto della bilancia; poi, tratta la spada, si tagliò un pezzo della sua carne viva e lo pose sanguinante sull'altro piatto della giustizia terribile....

Qui il mito indiano fa che il falco si manifesti per quello che era, il Dio Indra, che aveva voluto mettere a prova la giustizia e la pietà del Sovrano giusto e pietoso.

Oggi altro significato dà il simbolo feroce.

Il falco è il popolo rapace insaziabile che ha spiccato il volo per ghermire e divorare la colomba della pace: è la Germania, è il germanesimo che aveva fame di carne pacifica. Alla minaccia si sono levati i popoli che avevano pietà della pace, e gli hanno chiesto perchè osasse tanta crudele ingiustizia. La belva teutonica si è appellata alla giustizia della Necessità, della sua necessità: voleva carne altrui perchè aveva da ingrassare le sue belvette sempre più fameliche. Se avevan più fame—ha detto— avevan diritto a più cibo: quella violenza era giusta perchè quella fame era vera: lasciatemi mangiare, senza contrasto, la colomba di cui sono ghiotta.

Ma i popoli giusti hanno detto che la colomba doveva essere salvata. E, se l'oscura legge che domina la vita degli uomini, esige che, per salvare la pace, si dia alla guerra tanto di carne viva quanto è il peso di quella, esse hanno accettato il sacrifizio, con dolore, ma con fede: per la giustizia e per la pietà le loro vene colano il fiore del sangue. Ma gli occhi non piangono, sbarrati dallo spasimo; guardano il falco mostruoso con l'odio divino che santifica la vendetta.

Perchè la giustizia eterna si compia, la guerra, che in questo primo tempo è stata di difesa, diventerà domani guerra di punizione. E la stirpe dei falchi sparirà dalla terra contristata: e sia pure a prezzo della nostra carne. Così la colomba della pace torni a volare sicura nel mondo, che è labirinto di misteri, ma potrebbe essere un parco di sogni, quando venga tempo che fioriscano tutti i suoi germogli di amore.

FINE.